Sechs knappe Erzählungen, die in Europa und in Amerika spielen, über die Spätfolgen des Holocaust.

Auch wenn die Überlebenden sich in dem Leben danach eingerichtet haben, die Erinnerung – an die Verfolgung, die Angst, das Unrecht, die Hölle von Auschwitz – schwindet nicht mit den Jahren. Fast scheint es, als sei das Gegenteil der Fall. Und die Abwehr des jahrelang verdrängten Schreckens nimmt zuweilen groteske Formen an. Lakonisch, fast kunstlos erzählt Grete Weil von solchen Menschen und Begebenheiten. Geschichten, die keine Prätention haben, außer der, den Leser nachdenklich zu machen.

»Man kann die Bücher von Grete Weil nicht ohne Erschütterung lesen. Diese Schriftstellerin hat ... Verfolgte und Verfolger mit einer Aufrichtigkeit porträtiert, die ihr einen besonderen Platz in der Gegenwartsliteratur zuweist.«   *Martin Gregor-Dellin*

Grete Weil, 1906 in Rottach-Egern geboren, studierte Germanistik in Berlin, München und Frankfurt. Mit ihrem Mann, dem Dramaturgen Edgar Weil, emigrierte sie nach Holland. Nach der Kapitulation der Niederlande wurde ihr Mann 1941 verhaftet und im KZ Mauthausen umgebracht. Grete Weil tauchte im Herbst 1943 unter und überlebte. Seit 1947 lebt Grete Weil wieder in Deutschland. 1988 wurde sie für ihren Roman ›Der Brautpreis‹ mit dem Geschwister Scholl-Preis ausgezeichnet; 1995 Verleihung der Carl-Zuckmayer-Medaille. Im *Fischer Taschenbuch Verlag:* ›Meine Schwester Antigone‹ (Bd. 5270), ›Der Brautpreis‹ (Bd. 9543) und ›Ans Ende der Welt‹ (Bd. 9175).

Grete Weil

Spätfolgen

Erzählungen

Fischer
Taschenbuch
Verlag

Bei »Das Haus in der Wüste« handelt es sich um eine
Neufassung der Erzählung »Happy, sagte der Onkel«, die in
dem gleichnamigen Band des Limes Verlages, Wiesbaden,
erschien.

Veröffentlicht im Fischer Taschenbuch Verlag GmbH,
Frankfurt am Main, Mai 1995

Lizenzausgabe mit freundlicher Genehmigung
des Verlags Nagel & Kimche AG, Zürich / Frauenfeld
© 1992 Verlag Nagel & Kimche AG, Zürich / Frauenfeld
Druck und Bindung: Clausen & Bosse, Leck
Printed in Germany
ISBN 3-596-12027-6

Gedruckt auf chlor- und säurefreiem Papier

Inhalt

Guernica	5
Don't touch me	29
Das Haus in der Wüste	35
Die kleine Sonja Rosenkranz	71
Das Schönste der Welt	91
Und Ich? Zeugin des Schmerzes	97

Guernica

Es war damals, als Picassos *Guernica* noch im Museum of Modern Art in New York hing. Ich hatte mich mit Hans oder, wie er jetzt hieß, mit John vor dem Bild verabredet. Wir waren Jugendfreunde und hatten uns seit seiner frühen Emigration nicht mehr gesehen. Daß ich aus meinem Fluchtland Holland fort und nach Deutschland zurückgegangen war, mißbilligte er, was er mir in einem seiner seltenen Briefe mitgeteilt hatte. Ich war nie darauf eingegangen, was hätte ich auch anderes schreiben können als: Es geht dich nichts an, mische dich nicht in meine Angelegenheiten ein. Danach war der Kontakt fast ganz abgebrochen. Jetzt, in New York, hatte ich ihn angerufen. Er, der einst Kunstgeschichte, Geschichte und Philosophie studiert hatte, die ihm gemäßen und vertrauten Fächer, war in den USA Jurist geworden und besaß, wie er mir sagte, in New York eine gutgehende Anwaltskanzlei, war verheiratet mit einem aus Kalifornien stammenden jüdischen Mädchen und hatte zwei Kinder, Sohn und Tochter.

Den *Guernica*-Raum hatte ich als Treffpunkt vorgeschlagen. Zu meiner Verwun-

derung hatte er nur zögernd zugestimmt,
so, als ob er nicht wisse, wo das Bild sich
befand.

Ich stehe zur abgesprochenen Zeit vor dem
Picasso, den ich mir schon vor zwei Tagen
angesehen habe. Und wie vorgestern ist es
vor allem das Pferd, das wiehernde, sich in
Todesnot aufbäumende Pferd, das mich an-
greift, erregt.
Nach einer Weile schaue ich mich um, denn
ich will nicht, daß Hans sich von hinten an
mich heranschleicht. Er kommt zu spät –
unpünktlich war er immer. Ich bin unsicher, ob ich ihn erkennen werde nach all
den Jahren.
Aber als er wirklich da ist, erkenne ich ihn
sofort und er mich auch. Er ist sorgfältig
gekleidet, dunkler Nadelstreifenanzug,
graue Krawatte und Filzhut, den Schirm hat
er, wie sich später herausstellt, an der Garderobe abgegeben. Er bemüht sich, wie ein
Mann der Londoner City zu wirken, dabei
sieht er wie eh und je sehr jüdisch aus und
auch sehr deutsch. Er kommt mit seinem
wiegenden Gang – auch den hat er immer

gehabt – auf mich zu, streckt mir beide Hände entgegen und küßt mich auf die Stirn.

Ganz plötzlich erinnere ich mich, daß wir – es muß 1932 gewesen sein – von Frankfurt aus zusammen in Maria Laach gewesen waren und an seinen ausführlichen, sehr guten Vortrag über deutsche Romantik.

Auf der Rückfahrt waren wir auf der Plattform gestanden und hatten uns darüber unterhalten, ob Hitler an die Macht kommen würde oder nicht.

«Ach was! Niemals», hatte Hans gesagt. «Das ist alles schon längst vorbei»; (man hätte es in diesem Augenblick wirklich meinen können, die Wählergunst hatte sich von den Nazis abgewandt). «Doch wenn es wider Erwarten dazu käme, wenn er wirklich die Wahl gewinnen sollte, würde unsereinem nichts anderes übrigbleiben, als möglichst bald möglichst weit wegzugehen. Nein, davor fürchte ich mich nicht, Kunst gibt es schließlich in allen Ländern, und etwas anderes brauche ich nicht.»

Als er mich jetzt losläßt, stehen wir eine Weile schweigend vor *Guernica*, bis er mich

auf englisch fragt: «Findest du das schön?»
Irritiert von der Frage und auch davon, daß
er englisch spricht, antworte ich deutsch:
«Schön natürlich nicht. Aber wahr. Ein Auf-
schrei gegen den Krieg. Und dafür hab ich
viel übrig.»
Er zuckt die Achseln und nimmt mir meine
Handtasche ab, wogegen ich mich sanft und
erfolglos wehre. Er trägt sie weiter, wie das
ja in diesem Land die Männer oft tun, und
führt mich fort durch andere Räume. Bleibt
vor diesem und jenem Bild stehen und redet
weiter englisch auf mich ein.
Sagt von viel zu vielen Bildern «terrible»
und «awful» und nur von ganz wenigen, daß
sie ihm gefallen.
Ich ärgere mich, daß ich nicht herausfinde,
was er mag und was nicht. Es sind bei beiden
Gruppen abstrakte und nicht abstrakte Bilder: ein Kandinsky, der ihm gefällt, ein anderer, für meine Augen recht verwandter
Kandinsky, den er ablehnt. Seine ganze Be-
trachtungsweise kommt mir rein aus dem
Gefühl stammend und etwas chaotisch vor.
Früher habe ich mich auf sein Urteil verlassen können, da war er ein wirklicher Ken-

ner. Weil er weiterhin englisch spricht, gebe ich auch meine spärlichen Antworten englisch, bis zu dem Augenblick, in dem ich sage: «Ich glaube, du sprichst besser deutsch als ich englisch.» Er schüttelt heftig den Kopf: «Hier in der Öffentlichkeit bin ich nicht bereit, deutsch zu sprechen.»

Nun gut, dagegen kann ich nichts machen, nur lächeln über seine Angst, für einen Deutschen gehalten zu werden.

«Es ist schwer mit euch Frauen. Als meine Mutter nach dem Krieg hierherkam, wollte sie auch immer deutsch mit mir reden, das aber habe ich selbstverständlich nicht getan.»

Ich bin fassungslos: «Du hast mit deiner alten Mutter englisch gesprochen?»

«Selbstverständlich. Sie wollte ja hierbleiben und mußte es lernen.»

«Deine Mutter war untergetaucht in einem besetzten Land, hat eine Tochter in Auschwitz verloren, sich selbst mit knapper Not gerettet. Und das alles hat sie dir, ihrem einzig übriggebliebenen Kind, auf englisch erzählen müssen?»

«Ja, sicher.»

Es wird mir immer unbehaglicher zumute bei diesem Treffen. Nachdem wir draußen im Garten die Skulpturen angesehen haben, bei denen er sich nicht anders verhält als bei den Bildern, sagt er, daß wir jetzt in ein kleines, nahegelegenes Restaurant zum Lunch gehen wollen.

Wir müssen warten, weil alle Tische besetzt sind, und sitzen ein bißchen verloren im Vorraum neben der Kassierin. Nach einer Weile kommt ein Mädchen im schwarzen Kleid mit rosa Schürzchen und sagt auf deutsch: «Sie können jetzt kommen. Ihr Tisch ist frei.» Blaß geworden, auf mich weisend, sagt er: «The lady speaks English.» Dabei spricht er Lady wie Laidy aus, gleich dem Tessiner Bergbauern, dem einer meiner Hunde ein Huhn totgebissen hatte und der, wie viele Tessiner, eine Zeitlang in den Staaten gewesen, mit Recht annahm, daß wir, eine Freundin und ich, seine unverschämte Geldforderung für seine beste Leghenne besser auf englisch als auf italienisch verstehen würden.
Erst jetzt fällt mir auf, welch schrecklichen

11

Akzent Hans hat, und er tut mir von Herzen leid.

Das Mädchen sagt energisch: «Aber Sie sind Deutscher.» Er zischt: «Unverschämtheit» und folgt ihr unwillig zu dem freigewordenen Tisch.

Während wir einen Shrimps-Cocktail löffeln, fragt er mich, Anerkennung heischend: «Ist doch gut, nicht?»

Ich nicke, bin es schon gewohnt, daß alle in Amerika denken, wir würden in Europa an nichts wirklich Gutes kommen. Dann fragt er mich ohne Interesse nach meinem Leben während der letzten Jahre, nach meinen Plänen.

Ich nenne ihm ein paar Buchtitel von mir; meine Geschichten, die in Amerika spielen, hat er gelesen, sagt aber sofort tadelnd: «Du interessierst dich für die Schwarzen hierzulande. Ich hab das längst aufgegeben. Mein Interesse gehört selbstverständlich den Juden.»

Noch bevor ich dazu etwas sagen kann, redet er völlig unerwartet weiter: «Ich wäre traurig, wenn Judy, meine Tochter, keinen Juden heiraten würde.»

Da widerspreche ich doch: «Fändest du es richtig, wenn das Elend, eine Minderheit zu sein, ewig so weiterginge?»

«Ich möchte nicht, daß mein Kind von einer amerikanischen Familie mit Herablassung behandelt wird.»

«Von was für Menschen sprichst du eigentlich, John? Ich hoffe doch, daß deine Tochter keinem Faschisten in die Hände fallen wird. Übrigens, wie alt ist sie denn?»

«Fünfzehn.»

«Dann hat es ja noch Zeit.» Ich bin wirklich erleichtert.

Da sitzen wir uns gegenüber, fast feindselig, fremd. Dabei haben wir eine ähnliche Jugend gehabt, sind beide in einem kultivierten Elternhaus großgeworden, haben studiert, mußten, weil wir Juden sind, Deutschland verlassen, bevor wir zu dem gekommen waren, was wir wirklich wollten.

Nur hat er es besser oder richtiger gemacht, war mutiger als ich, ist weit weg nach den USA gegangen, hat den Ozean zwischen sich und Hitler gewußt, war ungefährdet, hat eine neue Identität gefunden, sich ein neues Leben aufgebaut.

Angestrengt denke ich darüber nach, was trotz allem mit ihm geschehen ist. Denn daß ihm etwas geschehen ist, steht für mich fest. Was ist es? Er hat nicht Nacht für Nacht auf die Schritte der Schaftstiefel gewartet, auf das Klingeln an der Tür, auf die Nachricht am Morgen, wer in der Nacht geholt worden ist von den Freunden. Er hat keine Briefe aus einem KZ schreiben müssen und auch keine von dort bekommen.

Wohl erst nach dem Krieg hat er erfahren, was Mauthausen war und was Auschwitz. Hat die Namen Sobibor, Treblinka vielleicht bis heute nicht gehört. War nach dem Krieg nicht staatenlos, kein Ausgestoßener, keine displaced person, sondern amerikanischer Bürger, im Besitz – wie er und unzählige andere dachten – des besten Passes der Welt.

Er hat nie Lebensmittelkarten gebraucht (zugewiesene oder gefälschte), um zu Brot zu kommen, er hat nie, untergetaucht bei Menschen, von denen er abhängig war, die an seinen Nerven rissen, auf einer Speichertreppe, dem einzigen Ort, wo er allein sein

konnte, sitzend niedergeschrieben, was ihn
am tiefsten bewegte, aus dem er hoffte, sich
die Zukunft zu gestalten.

Was ist ihm zugestoßen? Ist sein Leben zu
glatt verlaufen? Hat das ihn gelähmt?

Ich blicke ihn an, sage bittend: «Hans.»

«Ich heiße John.»

«Verzeihung. Das habe ich einen Augenblick lang vergessen. Aber eigentlich müßte
ich daran denken. Du bist so anders geworden.»

«Hoffentlich. Der freie Bürger eines freien
Landes.»

Um das Gespräch nicht ganz einschlafen zu
lassen und weil ich weiß, daß ihm früher
neben der bildenden Kunst Musik viel bedeutet hat, erzähle ich, daß ich einmal das
Libretto zu einer Oper geschrieben habe.

«Für welchen Komponisten?»

«Hans Werner Henze.»

«Kenne ich nicht.»

Wieder bin ich verwirrt; es wäre früher ganz
ausgeschlossen gewesen, daß er jemanden
wie Henze nicht kannte.

«Dieser Henze… ein Deutscher?»

«Ja, sicher.»

«Ein Nazi.» Keine Frage, eine Feststellung.

«Kein Nazi.»

«Wie willst du das wissen?»

«Er ist 1926 geboren.»

Offensichtlich nur halb überzeugt, zuckt er die Achseln und sagt: «Moderne Musik klingt in meinen Ohren wie Katzenge-schrei.»

«So modern ist Henzes Musik auch wieder nicht.»

«Ist die Oper aufgeführt worden?»

«Ja, oft, auch in den USA.»

«Wie heißt sie?»

«Boulevard Solitude.»

Er lächelt. «Ein bißchen manieriert.»

«Von heute aus beurteilt, bestimmt. Aber die Uraufführung war schon 1952.»

«Wo?»

«In Hannover.»

«Warst du dabei?»

Ich nickte, und wieder zuckt er die Achseln.

«Chacun à son goût. Ehrlich, ich verstehe dich nicht. Daß du in diesem Land herum-reisen magst. Schließlich haben die Deut-schen deinen Mann umgebracht. Hast du das vergessen?»

16

«John», sage ich flehend. Ich möchte aufstehen, weglaufen, fort, nur fort. Doch er sagt befehlend: «Wir wollen zu mir nach Hause. Sobald ich gezahlt habe, nehmen wir ein Taxi.»

Nicht ganz das, was ich wollte, aber wahrscheinlich besser als hierzubleiben. Auch, daß er ein Taxi nehmen und nicht selbst fahren will, ist mir angenehm. Früher bin ich oft mit ihm gefahren, in seinem kleinen Opel, und es war jedesmal eine Tortur, weil er überallhin, nur nicht auf die Straße schaute.

«Zu Hause»: eine sehr bürgerlich eingerichtete Wohnung, die aussieht, wie frisch aus einem Möbelgeschäft zusammengestellt. Nirgendwo Kunst. Nichts liegt herum, kein Buch, keine Zeitung. Die Hausfrau, offensichtlich gerade vom Friseur gekommen, sportlich und schick gekleidet, begrüßt mich weder kühl noch herzlich, noch zeigt sie, daß ich störe.

«Mein Mann hat mir erzählt, Sie leben in der Schweiz.»

«Nein, in Deutschland.»

«Oh!», ein angstvoll erschreckter Laut, als

wäre aus meiner Handtasche eine Viper gekrochen.

Die Tochter, üppig, geschminkt, parfümiert, ich hätte sie für achtzehn gehalten, sitzt in einem großen Sessel vor dem Fernsehapparat, den sie, ohne aufzustehen, schnell abstellt.

John greift erklärend ein und sagt zu seiner Frau: «Aber sie hat ein Haus in der Schweiz.» Nicht einmal rot wird er ob seiner Lüge.

Die Frau sagt: «Wir lieben die Schweiz sehr, nicht wahr, John? Wir waren in Zermatt und im Engadin. Wo ist Ihr Haus?»

«Im Tessin.»

«Kenne ich nicht.»

John erklärt das Tessin: «Eine Art Florida von Europa.»

Dann fragt er die Tochter, warum er das tut, wissen die Götter: «Weißt du, wer Picasso ist?»

«Na, irgendein Maler.»

«Er hat ein berühmtes Bild gemalt, das *Guernica* heißt. Es hängt im Museum of Modern Art.»

«Was bedeutet das: *Guernica*?»

«Guernica ist der Name einer kleinen Stadt, die von den Deutschen bombardiert wurde. Viele Kinder fanden dabei den Tod.»
«Jüdische Kinder?» Sie fragt das mit einer gewissen Gier, ihre großen Augen – Hansens Augen – leuchten verlangend auf.
«Nein. Die Stadt liegt in Spanien. Spanische, katholische Kinder.»
«Ach so. Warum erzählst du davon, Daddy? Es kann dir doch gleichgültig sein.»
«Es ist ein weltberühmtes Bild. Wir könnten es uns einmal zusammen ansehen.»
«Du weißt doch, daß ich mir nichts aus Bildern mache.»
«Wenn du nicht willst, dann nicht.»
Die Tochter des Mannes, der einmal gesagt hat: Kunst gibt es schließlich in allen Ländern, und etwas anderes brauche ich nicht. Die Tochter, die keinen Nichtjuden heiraten soll, ist inzwischen aus ihrem Sessel aufgestanden und sagt muffig: «Ihr habt uns beim Fernsehen unterbrochen. Ich möchte weitersehen.»
«Wie du willst, Darling.»
Der Darling schaltet den Apparat ein und setzt sich wieder in den großen Sessel.

Wir anderen stehen herum, gezwungen, hinzusehen. Es läuft ein Kriegsfilm. Vietnam? Kambodscha? Ich weiß es nicht. Jedenfalls kämpfen junge, attraktive amerikanische Helden gegen Einwohner eines Dschungeldorfes. Ach, was heißt kämpfen? Sie werfen von einem Flugzeug aus Bomben auf das Dorf, das aus strohgedeckten Hütten besteht.

Das Mädchen Judy sitzt da, weit vorgebeugt, mit lüsternem Gesicht, aber vielleicht bilde ich mir das nur ein. Und bei jedem Einschlag schlägt sie mit der zur Faust geballten Rechten in die flach ausgestreckte Linke.

Ich aber muß hinsehen, die Einschläge, das Feuer sehen, das aus den Hütten schlägt, und plötzlich höre ich das Pferd aus *Guernica* in Todesnot schreien. Ich möchte mir die Ohren zuhalten, obwohl ich weiß, daß es nichts helfen würde.

Hans schaut mit aschgrauem, verzerrtem Gesicht zu mir. Jedesmal, wenn Judys Faust zuschlägt, zuckt er zusammen, als hätte sie ihn geschlagen. Plötzlich sagt er leise auf deutsch, also deutlich nur für mich bestimmt:

20

«Es gibt keine Kunst mehr.»

Und weiter, fast bittend: «Komm mit in mein Study.»

Bereitwillig stehe ich auf, folge ihm und sehe mich in dem großen Raum, den er sein Study nennt und in dem es auch keinen Gegenstand gibt, der irgend etwas mit Kunst zu tun hätte, gegenüber von ihm an einem riesigen Schreibtisch.

Dort legt er den Kopf in die Hände, und erschrocken sehe ich, daß ihm Tränen zwischen den Fingern hindurchlaufen.

Wie entschuldigend sagt er: «Judy kann mir nicht verzeihen, daß ich mich vor dem Holocaust in Sicherheit gebracht habe. Sie will nicht einsehen, daß ich die Ermordung meiner Schwester hinnahm.»

«Was heißt da ‹hinnahm›? Hättest du dich umbringen sollen?»

«Vielleicht ja. Meine Altersgenossen sind wie dein Mann in den Lagern gequält und ermordet worden. Und ich bin statt dessen hier noch einmal zur Universität gegangen, um Jura zu studieren. Sie hat nichts an mir, woran sie sich halten kann.»

Nachdem er das atemlos herausgestoßen

hat, wiederholt er noch einmal unter Tränen: «Es gibt keine Kunst mehr.»

«Natürlich, John, gibt es noch Kunst. Es hat
immer Kunst gegeben, solange Menschen
existieren. Du hast einmal – es ist sehr lange
her – auf der Rückfahrt von Maria Laach
nach Frankfurt zu mir gesagt, Kunst gibt es
schließlich in allen Ländern, und etwas anderes brauche ich nicht.»

«Was für ein Gedächtnis du hast, das ist ja
furchtbar. Man muß sich vor dir in acht
nehmen.»

Er wischt sich mit dem Taschentuch die
Tränen vom Gesicht.

Ich sollte jetzt fortgehen, was will ich noch
hier? Und er wäre sicher froh, den Zeugen
seiner Schwäche loszusein. Aber die Neugier zwingt mich, zu bleiben und ihn endlich
doch zu fragen: «Sag, woher kommt es, daß
du so viele Bilder nicht magst?»

«Ich? Was meinst du damit?»

«Im Museum hast du von den meisten Bildern gesagt, sie wären schrecklich.»

«Sind sie auch. Schrecklich und minderwer-
tig.»

«*Guernica?*»

«Nach 33 gemalt, was man ihm ansieht.»
«Picasso hat es erst malen können, als er unter dem Eindruck des Bombardements stand.»
Er schaut strafend zu mir herüber. «Als ob ein solches Bild mit der Realität etwas zu tun hätte. Ein Albtraum. Tatsache ist, daß, mit ganz wenigen Ausnahmen, nach 33 nichts wirklich Gutes mehr entstanden ist.»
Langsam fange ich an zu begreifen. 33 ist ein Vorhang gefallen. Da war die Welt zu Ende. Seine Welt. Die meine auch.
Trotz allem habe ich sie nach vielen Kämpfen, wenn auch verändert, wiedergefunden.
Jetzt erkenne ich auch: Die wenigen Bilder im Museum, die ihm gefielen, waren alle vor 33 gemalt.
Er lehnt sich zurück und sagt noch einmal, eigensinnig wie ein kleiner Bub, dem man seine Eisenbahn weggenommen hat: «Es gibt keine Kunst mehr» und schaut mich herausfordernd an, ob ich ihm nicht doch zustimme.
Ich sage dagegen: «Bist du Adornos Ansicht, daß es barbarisch ist, nach Auschwitz noch ein Gedicht zu schreiben?»

«Ich weiß nicht», flüstert er.

«Sieh, John, ich glaube, daß Kunst viel mehr mit dem großen Leid zu tun hat als mit dem großen Glück, wenn es das überhaupt gibt.»

«Sie können nichts mehr, die Modernen», sagt er stur und setzt erklärend hinzu: «Es ist bestimmt für dich ganz anders als für mich. Ich war ein Liebhaber der Künste, du bist eine Künstlerin.»

«Weißt du, John, ich mag dieses Wort nicht besonders. Es ist gleichzeitig anmaßend und von unangenehmer Bescheidenheit. Sänger sind Künstler, Musiker, Maler, Bildhauer. Für all das muß man etwas gelernt haben, das kann nicht jeder. Zum Schreiben genügt Talent und ein funktionierendes Gehirn. Ein bißchen Beobachtungsgabe. Außerdem hat das Wort Künstler so einen fatalen Beigeschmack nach Boheme, nach: ich kann tun, was ich will, leben, wie ich möchte, was geht mich die Welt an. Und damit hat das, was ich mache, überhaupt nichts zu tun.»

«Eher mit Politik?»

«Ja, John, eher mit Politik. Wir, die du nicht Künstler, sondern Schreibende, Autoren nennen solltest, wir haben die verdammte

24

Verantwortung, die Leute aufzuklären, wie
es wirklich zugeht auf der Welt und dar-
über, daß die Menschen Mörder sind.»
«Aufklären über Guernica?»
«Über Guernica und Auschwitz und vieles
andere.»
«Zum Beispiel?»
«Zum Beispiel über abgeworfene Atom-
bomben.»
«Von uns abgeworfen.»
«Nicht von dir, John, und wie ich hoffe auch
nicht mit deiner Billigung. Doch von dei-
nem großen, freien, demokratischen
Land.»
«God's own country.»
«Um das zu akzeptieren, wäre es notwendig,
an Gott zu glauben.»
«Du glaubst nicht?»
«Nein, John, ich glaube nicht. Habe nie ge-
glaubt. Hätte ich es getan, wäre es mir wahr-
scheinlich nach Auschwitz und Hiroshima
vergangen.»
Er schüttelt unglücklich, von echter Trauer
erfasst, den Kopf.
«Du wirst ungetröstet sterben.»
«Ich werde mit dem sicheren Gefühl ster-

25

ben, daß es für mich endlich, endlich aus ist, daß ich eingehe ins Nichts, wo es kein Hiroshima, kein Auschwitz und kein Guernica gibt.»

«Du nimmst es mir übel, daß ich Jurist geworden bin, statt zu kämpfen?»

«Nein, John, die Welt braucht keine Soldaten, aber Gesetze und Menschen, die mit den Gesetzen umgehen können. Außerdem: Ich bin eine Juristentochter und eine Juristenschwester. Vater und Bruder gehörten für mich zu den nächsten, den geliebtesten Menschen.»

«Warum sagst du, daß die Welt keine Soldaten braucht?»

«Weil ich davon überzeugt bin, John.»

«Man muß die Freiheit verteidigen.»

«Wer ist ‹man›? Was ist ‹müssen›? Und was ist die Freiheit? Freiheit für wen? Doch nicht für die Besitzlosen und Unwichtigen? Für wen also ist ‹man›, der verteidigt?»

Mein Gott, wohin sind wir geraten? Er schaut mich traurig an: «Du liebst das Leben nicht?»

«Ich habe es sehr geliebt und leidenschaftlich unsere grüne Erde, bis die Menschen

26

angefangen haben, sie kaputtzumachen. Der Rest ist Trauer.»

Er schüttelt den Kopf: «Ich liebe das Leben sehr. Und meine Frau und meine Kinder selbstverständlich.»

Da ist es wieder, das ‹selbstverständlich›, das ich nicht mag.

Doch diesmal hilft es mir, endlich aufzustehen und fortzugehen. Auch er ist aufgestanden, nimmt meine Hand und drückt sie fest, als er sagt: «Es hat mich sehr gefreut, dich wiederzusehen. Ich habe nicht viele Menschen, mit denen ich über solche Dinge reden kann. Es waren zwei schöne Stunden.»

Ich nicke, doch daß mich das Wiedersehen gefreut und ich die Stunden mit ihm schön gefunden hätte, bringe ich nicht über die Lippen.

Ohne Frau und Tochter noch einmal zu begegnen, gehe ich hinaus, winke mir auf der Straße ein Taxi heran und fahre zu meinem Hotel.

Don't touch me

Nein, denkt Esther, ich hätte nicht herkommen sollen. Mein Entschluß, nie mehr deutschen Boden zu betreten, ist goldrichtig gewesen. Warum habe ich es doch getan? Nur meiner Kusine Rosa zuliebe, aus der ich mir nie viel gemacht habe? Als ob es mir in New York nicht ganz gutgegangen wäre. Dieser unselige Wunsch, etwas Neues zu erleben. Und jetzt sitze ich im Auto, neben diesem widerlichen Menschen, der Rosas Freund ist. Wozu braucht man in unserem Alter noch einen Freund? Auto fahren kann der Kerl auch nicht, schaut überallhin, nur nicht auf die Straße. Und erklärt mir mit seiner ungebildeten Stimme die Schönheiten der bayerischen Landschaft. Gräßlich, einfach gräßlich. Bayern mag ja ganz schön sein, aber nicht für mich, nicht für jemanden, der in Auschwitz gewesen ist. Rosa hat es nicht erlebt. Rosa war untergetaucht in Berlin. Und ist nach dem Krieg gleich dageblieben. Nun ja, wenn sie's für richtig hält. Bitte. Wann habe ich sie eigentlich zum letzten Mal gesehen? Anfang der fünfziger Jahre in Lugano. Da waren wir beide zum Kuraufenthalt, von der Wiedergutmachung bezahlt, ich, um mich von Auschwitz, sie, um sich vom Untertauchen zu erholen. Ich denke, daß sie von mir ebensowenig begeistert war wie ich von ihr. Danach haben sich unsere Wege getrennt. Sie ist nach München gezogen, ich nach New York.

Und jetzt hat sie mich hergelockt mit ihren Sprüchen: Die Deutschen sind nett und freundlich. Muffig sind sie und finster. Und dieser Mensch, der mich herumfährt. Andauernd auf der linken Straßenseite. Jetzt will er einen Lastwagen überholen. Wenn das nur gutgeht. Uff, wir sind vorbei. Da von rechts ein Wagen. Sieht er den nicht? Nein, nein.

Dann kracht es, und alles wird dunkel. In tiefer Nacht wacht Esther auf, weiß nicht, wo sie ist, tastet um sich, faßt an kühles Metall, hat rasende Kopfschmerzen, und es ist ihr schlecht. Liegt unter einer Decke, schiebt einen Fuß hinaus. Jemand nimmt ihn in die Hand und legt ihn zurück. Ein paar Menschen sprechen, rechts und links von ihr, über sie hinweg, ungeniert, laut, sprechen deutsch. Sie versucht, den Kopf zu heben – es geht nicht.

31

Arme greifen unter sie, sie wird weggehoben samt ihrer Decke, liegt jetzt auf etwas, das fährt. Wird auf etwas zugeschoben, das wie eine Röhre aussieht. Da schreit sie los: «Nicht ins Gas. Nicht ins Gas.»

Der junge Mann im weißen Kittel, der neben ihr hergeht, legt eine Hand auf ihren Arm und fragt freundlich: «Was ist denn los?» Auf ihrer anderen Seite steht eine Krankenschwester und deutet auf die blaue tätowierte Nummer auf ihrem Arm.

Der Arzt spricht weiter, sanft: «Haben Sie keine Angst. Niemand tut Ihnen etwas. Wir wollen nur wissen, was Ihnen fehlt. Dazu brauchen wir ein Computer-Tomogramm. Wissen Sie, was das ist, ein Computer-Tomogramm?»

Sie schüttelt den Kopf. Es tut weh.

«Sie haben einen kleinen Autounfall gehabt. Können Sie sich erinnern?»

«No.»

«Sie leben nicht immer hier?»

«No.»

«Aber Sie verstehen Deutsch?»

«Ja.»

«Do you prefer to speak English?»

«Yes, yes.»

Er tätschelt ihren Arm. Und schon setzt sie wieder an zum Schreien, doch es wird nur ein Keuchen: «Don't touch me.»

«Aber ich muß Sie doch anrühren. Sonst können wir nicht feststellen, was Ihnen fehlt.»

«No. Don't touch me.»

So geht es weiter. Immer, wenn jemand sie berühren will, schreit sie. Das Schreien tut weh.

Rosa kommt und erzählt, daß dem Fahrer gottlob nichts passiert sei. Aber Unannehmlichkeiten bekomme er, weil er Schuld habe. Esther ist das gleichgültig. Auch wenn er tot wäre. Würde ihm recht geschehen.

Der englisch sprechende Arzt ist wieder da und tuschelt mit Rosa, auf deutsch natürlich. Wahrscheinlich erzählt er, daß ich ein schwieriger Fall bin. Mag sein, daß er recht hat. Für mich ist Deutschland auch ein schwieriger Fall.

Ob ich sterbe? Umgebracht von einem Deutschen, fünfzig Jahre danach. Gar nicht schlecht. Bringt Sinn in die Geschichte.

Doch ich will zurück nach New York. Dort-

33

hin, wo ich zu Hause bin. Auschwitz ist nicht in Bayern. Aber die dicke Traudel, die immer gleich zugeschlagen hat, war eine Bayerin. Sie hat mich in Auschwitz nicht kleingekriegt, sie würde es auch hier nicht schaffen. Wenn sie hier auftauchte, könnte ich sie anzeigen. Aufgepaßt: Ich bin eine amerikanische Staatsbürgerin. Darf man Ausländer überhaupt gegen ihren Willen behandeln? Jetzt kommt der Arzt und will mich anfassen: No, no, don't touch me.

Esther setzt sich durch, zwei Tage lang und eine Nacht; am dritten Tag stirbt sie an inneren Verletzungen, welche die Ärzte nicht diagnostizieren konnten, und wird in München begraben.

Das Haus in der Wüste

Ich hielt am Wilshire ein Taxi an und nannte die Adresse. Der Chauffeur, ein Weißer, schüttelte den Kopf und fuhr weiter. Am Steuer des nächsten freien Wagens saß ein Schwarzer. «Sorry, lady», sagte er, bevor er Gas gab.

Da blieb mir nichts übrig, als den Wilshire hinaufzugehen. Hinauf oder hinunter, wie man es nimmt, die Hausnummern wurden niedriger, aber da ich den Hügeln zu ging, hatte ich den Eindruck, daß die Straße stieg. Hinauf, hinunter, up und down; näherte ich mich downtown, dem Zentrum, entfernte ich mich von ihm? Ist es überhaupt möglich in diesem Stadtmonstrum, downtown zu sagen, da es deren so viele gibt? Beverly Hills hat eines und Hollywood, Santa Monica, Westwood, Glendale, Pasadena, das Valley und schließlich auch Los Angeles selbst.

Außer mir ging niemand zu Fuß. Trotz der vollen Sonne lagen die Hügel im Dunst, in ein paar Stunden würde es neblig sein.

Ich ging und ging und ging, den Wilshire hinauf, hinunter, eine der längsten Straßen der Welt – die längste ist der Sunset, der in einem konzentrischen Kreis verläuft – wäre

36

ich auf Rekorde aus gewesen, hätte ich besser daran getan, auf den Sunset überzuwechseln. Ein Artikel in der Los Angeles Times, mein Foto auf der Titelseite, ein neuer Weltrekord, deutsche Touristin bezwingt den Sunset Boulevard.

In Beverly Hills war ich aufgebrochen, jetzt hatte ich Hollywood erreicht, verließ den Wilshire und ging auf dem Hollywood Boulevard weiter, wo es weniger fein und etwas lebendiger war. Die Kinos glichen Buden auf einem Rummelplatz, aus Papiermaché und Holz schnell zusammengefügten, exotischen Tempeln, Audrey Hepburn, O'Toole in Hausgröße, Pflastersteine mit dem Namen von Sternen, bekannten, vergessenen und solchen, bei denen man nicht recht weiß, ob man je von ihnen gehört hat. Immerzu fühlte ich einen Druck im Kopf, das gepriesene kalifornische Klima bekam mir schlecht.

Meine Füße schmerzten, ich war hungrig und durstig. In einem Drugstore trank ich eine Tasse Kaffee, als ich herauskam, war der Nebel da. Nicht schwarz oder gelb wie in London, graue Strähnen legten sich mir um

Kopf, Hals, Beine, bis ich schließlich vollständig in dicke Watte gepackt war.

Die Reiseprospekte, auf denen die Engelstadt ein weißes Häusermeer unter wolkenlosem Himmel ist, verschweigen den Smog. Einheimische hatten mir gesagt, daß es ihn erst seit ein paar Jahren gäbe, erst seitdem so viele Autos und Fabriken da seien. «Was wollen Sie machen, alles hat seinen Preis.» Es war der Sechsmillionennebel der Prosperität, mit ihm hatte man ein Haus nach dem andern bezahlt, Gärtner nahmen ihn für Kamelien- und Hibiskusbüsche entgegen, Schauspieler legten ihn auf den Tisch, um den Ruhm einzuhandeln, in Hollywood zu filmen, und die an das rauhe Klima Deutschlands gewohnten Emigranten fühlten sich nicht übervorteilt, wenn sie ihn für die Freiheit und den ständigen Frühling entrichteten.

Ich wollte nur wenige Wochen bleiben und hatte keine Lust, mehr als das Notwendigste für eine so kurze Spanne zu bezahlen. Der Nebel störte mich, füllte die Lunge und machte das Gehen noch schwerer. Lautlos glitten Lichter vorbei, die Vereinigten Staaten sind ein leises Land. Mit den Händen zog ich die Watte auseinander, sie war zäh, Schweiß stand auf meiner Stirn. Ich wäre gern umgekehrt oder hätte mich hingesetzt, auf ein Sims, und wenn kein Sims da war, auf das Trottoir. Ausruhen und an nichts denken, vielleicht hätte ich gerade dann an das viele denken können, das dieses vertrackte Klima mir seit Tagen aus dem Kopf saugte. Aber ich konnte nicht bleiben, mußte weiter, Onkel und Tante erwarteten mich, ein Wiedersehen nach dreißig Jahren, sie waren alt und umständlich, bestimmt hatten sie lange, kostspielige Vorbereitungen für meinen Besuch getroffen.

Nicht, daß ich diese Verwandten besonders geliebt hätte. Wir waren uns immer fremd gewesen, hatten uns nie viel zu sagen gehabt, lebten in zwei verschiedenen Welten. Mit dem Onkel hatte ich ein paar Jahre lang nicht gesprochen, weil er der Ansicht war, daß alle Kommunisten an die Wand gehörten. Hitlerjahre, Emigration und Verfolgung hatten mich milder gestimmt, die einstmals Wohlhabenden, die sich bis zur Auszahlung einer Wiedergutmachungs-

39

summe in subalternen Stellungen, er als
Hilfskraft in einem Anwaltsbüro, sie als Köchin, durchgeschlagen hatten, taten mir
leid. So stapfte ich durch den Nebel und
redete mir ein, daß sie sich über mein Kommen freuen würden.

Nicht aufgeben, weitergehen, durch Schwa-
den von Giftgas gehen, allein, ausgeliefert,
an diesem Ende der Welt, welches dem unserer Vergangenheit diametral gegenüber-
liegt. Onkel und Tante hatten sich in aller-
letzter Minute – Polen war schon besiegt,
der Playground für den Völkermord in
deutschen Händen – noch retten können;
von uns allen, die in Europa, aber außerhalb
Deutschlands lebten, längst aufgegeben,
schrieben sie plötzlich aus Kuba, wo sie auf
ihre Immigration in die Staaten warteten.
Wie sie, die Unpraktischen, Weltfremden,
das geschafft hatten, was keiner von uns
anderen zuwege brachte, blieb uns ein Rät-
sel, und sicher würde ich es auch jetzt nicht
erfahren. Meine Tante war zeitlebens eine
Geheimniskrämerin gewesen, jedes Ereignis oder was sie für ein Ereignis hielt, wurde
sofort den Blicken der Außenwelt entzogen.

40

Als sie einmal beim Schlangestehen in einem Postamt ohnmächtig geworden war, quälte sie sich und uns monatelang mit der Frage, ob fremde Menschen ihre Handtasche, aus der keineswegs etwas fehlte, durchsucht hätten. Bestimmt hätte jeder den Inhalt sehen dürfen, Onkel und Tante lebten makellos langweilig. Im Schweigen trainiert, würden sie auch jetzt nicht über ihre einzige Tat sprechen, wie sie es angestellt hatten, aus dem im Krieg stehenden Hitlerdeutschland herauszukommen.

Nach einem Jahr in Havanna kam ihre Einwanderungsnummer an die Reihe, und sie zogen nach Los Angeles. Das herrliche Klima, schrieben sie in den Briefen, die uns, die wir in einem schon besetzten Lande lebten, über die Schweiz erreichten, Blumen das ganze Jahr, hilfreiche Nachbarn, hoher Lebensstandard, God's own country. Diese Tatsache teilten sie auf englisch mit, überhaupt streuten sie gern Brocken der neuen Sprache in die alte. Kein Heimweh mehr, not a bit, nicht das leiseste Verlangen, je zurückzukehren, ja, recht betrachtet, müßten sie Herrn Dingsda dankbar sein, daß er

41

ihnen ermöglicht hatte, die Welt kennenzu-
lernen. Und die Briefe schlossen: Gott
strafe England. Auf den Gedanken, daß jeder verstehen könnte, was sie mit Dingsda
und England meinten, schienen sie nicht zu
kommen. Doch hatten wir deswegen nie
Ungelegenheiten, wahrscheinlich fand sogar der Zensor die Bemerkungen einfach
nur läppisch.

Dann hörten wir lange Zeit nichts mehr von
ihnen, bis nach Kriegsende, und da war fast
niemand von uns mehr am Leben. Onkel
und Tante schickten Pakete, ungeschickt
zusammengestellt, doch waren wir dankbar
für alles. Sie schrieben, wir sollten jetzt endlich nach Amerika kommen. Fast nie ein
Wort über die Toten, vielleicht aus Takt, um
uns nicht weh zu tun. Wenn es sich aus Erb-
schaftsgründen oder ähnlichem nicht ver-
meiden ließ, einen Namen zu erwähnen,
setzten sie das Adjektiv arm davor. Der
arme Eugen. Die arme Elisabeth. Sonst un-
terschieden sich ihre Briefe wenig von den
früheren. God's own country, das Glück,
einen amerikanischen Paß zu haben, die
Freiheit.

42

Nicht Mitleid allein trieb mich durch den Nebel, es war auch Neugier. Was fingen sie mit ihrer Freiheit an? Warum hatten sie nie von den Toten geschrieben? Warum nie gefragt, was wir über das Schicksal des armen Eugen und der armen Elisabeth wußten? Und über das des armen Otto, des armen Leopold, der armen Selma? Warum schwiegen sie die Toten tot?

Die Straße, von der ich nicht wußte, ob sie noch der Hollywood Boulevard war, begann steil zu steigen, und auf einmal spürte ich Sand unter den Füßen. Rutschenden Sand, treibenden Sand, sehr schnell hatte ich Mund und Nase voll der feinen Körner und hustete.

Trotzdem ging ich weiter. Eigensinnig, verbissen, als ob ich ein wichtiges Ziel vor mir hätte, das ich auf jeden Fall erreichen mußte.

Dann war der Nebel plötzlich fort, hatte sich nicht aufgelöst, war nicht dünner geworden, wie durch eine Wand hindurch trat ich ins Freie, in schon abendlich kühle, leicht zu atmende Luft. Vor mir lag Wüste, baum-

43

lose, sandige Wellen von der Farbe einer Siamkatze.

Ich war ein bißchen betrunken, der Zustand gefiel mir. Die Wüste gefiel mir, die Siamfarbe, die weicher, anschmiegsamer war als das Gelb, das ich von Bildern der Sahara kannte.

Nur Landschaft, ohne Gebrauchsanweisung, ohne Spur von Menschen. Jetzt fing die Siamkatze an zu glühen. Sie produzierte die Farben in ihrem Innern, sie schlugen ihr aus dem Fell, hellrote Fontänen, im Niederfallen purpurn schimmernd, bis sie lachsrote, ziegelrote, tomatenrote Lachen bildeten, an den Rändern Veilchenblau und Violett und Siena und Umbra. Mit Silbernetzen überzogen. The biggest, the greatest, the most wonderful, ich begann in den Superlativen dieses Landes zu denken. Nicht Wolkenkratzer und Brücken, nicht Konzertsäle und Krankenhäuser, nicht Department stores und Supermarkets, nicht einmal die improvisierte Scheußlichkeit der Main Streets und die tausendjährigen Redwoodbäume hatten das bewirkt.

Jäh, als habe jemand einen Schalter herum-

gedreht, hörte der Zauber auf, die Wüste
war wieder die grau-beige Siamkatze, und
als auch das Beige verschwand, war sie so
grau wie alle Katzen in der Nacht, und nach
einer Weile gab es überhaupt keine Katze
mehr, sondern nur tiefe Dunkelheit.

Im unendlichen Raum, weit oder nah, vor
oder hinter mir, bellte ein Hund. Als das
Bellen zum Geheul wurde, erinnerte ich
mich, gehört zu haben, daß es hier Schakale
gibt, hatte aber vergessen, ob Schakale ge-
fährlich sind. Obwohl ich der Ansicht zu-
neigte, daß sie es nicht sind, fürchtete ich
mich, auf die Weise, wie man sich als Kind
fürchtet, ohne recht zu wissen, wovor. Man
möchte sich verkriechen, in eine dunkle
Höhle kriechen, eine Wand haben, die man
anfassen kann, eine Stimme hören, die trö-
stet, oder eine, die schimpft, irgendeine
Stimme…
Dann bemerkte ich das Licht. Den kleinen,
flackernden Schein einer Kerze. Ich war sofort beruhigt, als ob es sicher wäre, daß die
Hand, die sie angezündet hatte, mich vor
den Schakalen beschützen würde. Das Ver-

45

trauen war merkwürdig, ich verstand es nicht, seit wann vertraute ich Menschen? Seit wann vertraute ich ihnen nicht? Seit ich wußte, daß sie Mörder sind, oder schon vorher?

Das Licht. Woher kam es? Aus einem Bauernhof, einer Hühnerfarm? Ich bezweifelte, daß es hier Bauernhöfe gab, Hühnerfarmen schon eher. Ungeahnte Möglichkeiten des Auslaufens, Scharrens, wie mußte der Sand in die Höhe stieben, wo sonst auf der Welt war es Hühnern gegeben, sich scharrend so zu erfüllen?

Es konnte aber auch die Hütte eines Schwarzen sein. Wenn ich als Schwarzer in diesem Land lebte, würde ich lieber in der Wüste wohnen als in den Städten. Selbst auf die Gefahr hin, daß hier die Chance zur Flucht sehr gering war, wenn es einmal hart auf hart gehen sollte. Das wußte ich, von Flucht verstand ich etwas, das hatte ich gelernt, fünf Jahre Flucht und Verstecken, lange genug, um ein Experte zu werden.

Nur fünf Jahre? Als ob man eine in Fleisch und Blut übergegangene Gewohnheit einfach ablegen könnte. Der einmal in Bewe-

gung geratene Körper macht die jähe Ruhe
nicht mit. Es ist ihm gleichgültig, daß keine
Gestapo mehr nach dem Personalausweis
fragt, keine Lastwagen mehr durch die Straßen fahren, um Menschen abzuholen, niemand mehr nachts an der Haustür klingelt,
daß Konzentrationslager zu Museen geworden sind, wo abgeschnittene Haare und aus-
gebrochene Zähne in Glasvitrinen liegen,
daß es keinen Grund mehr gibt zur Flucht.
Die Flucht geht weiter. Flucht vor dem Namen; als Auschwitz noch kein Name war,
brauchte man nicht zu fliehen, doch wer
nimmt den Namen zurück? Wer sagt mir,
daß es nicht meine Haare sind, meine
Zähne? Ich war gemeint.
Zu späte Flucht oder zu frühe, es wird nicht
hart auf hart gehen, sagen meine Freunde,
das ist undenkbar in Gottes eigener Welt.
Wenn sie mich herumfahren, um mir ihre
Städte zu zeigen, und wir durch elende Straßen kommen, in denen kein Weißer wohnt,
geben sie Gas, und ich weiß dann, daß sie
mir am liebsten die Augen zuhalten würden. Sie erklären mir, daß vieles schon besser geworden ist, daß man jedoch die Ras-

senfrage nicht von heute auf morgen lösen kann. Sie zucken die Achseln, meine Freunde, die tolerant und fortschrittlich sind und im Süden wahrscheinlich als Nigger lovers in Gefahr wären, und sagen: «Man muß von unten anfangen, bei den ersten Schulklassen. Langsam, ganz langsam», und schieben die Frage von sich weg, ihren Kindern zu.

Jetzt war ich der Kerze so nahe gekommen, daß ich sie riechen konnte, sie roch wie der Haarspray, den ich mir hier gekauft hatte, nach *Desert Flowers*. Ich erinnerte mich an die unzähligen Läden, in denen nichts anderes verkauft wird als Kerzen, große, kleine, bunte, weiße, schwarze, kirchliche und profane, mit Bildchen geschmückte und parfümierte. Candlelight. Inbegriff der Verruchtheit und Hauch der großen Welt.
Meine Wüstenkerze war weiß, lang, gedreht und steckte in einem silbernen Leuchter, der auf einem mit weißem Damasttuch, Silberbestecken und Meißener Porzellan gedeckten Tisch stand. Das sah feierlich aus, unamerikanisch und altmodisch, bei mei-

nen Eltern waren ähnliche Leuchter benutzt
worden, wenn Gäste kamen, die wir Kinder
die erste Kategorie nannten. Doch jetzt sah
ich, es war kein ähnlicher, sondern derselbe
Leuchter, einer der beiden aus meinem Elternhaus. Ich hatte ihn einmal gezeichnet
und kannte seine Windungen, Blätter, Ro-
setten und die Stelle an seinem Fuß, die ein
bißchen eingedellt war.

Und da waren auch die goldenen Salon-
stühle aus der Wohnung von Onkel und
Tante in der Münchner Franz-Joseph-
Straße, das lila Ripssofa und das schwere
Eichenbüfett, in dessen mittlerem Aufbau
sich eine perspektivische Ansicht des Mar-
kusplatzes befand, die Kirche im Hinter-
grund, der Campanile zur Rechten, aus ver-
schiedenfarbigen Hölzern eingelegt.

Ich tastete mich nach links durch die Dunkelheit, um Tür und Klingel zu finden, aber
da war nur Luft und Sand. Erst als ich den
von der Kerze ausgeleuchteten Fleck um-
kreist hatte und an meinen Ausgangspunkt
zurückgekehrt war, begriff ich, daß hier
Möbel, ganz einfach Möbel, ohne Zimmer,
ohne Haus, in der Wüste standen.

Kaum war ich ins Licht getreten, über die Schwelle, die keine Schwelle war, wurde ich von zwei knochigen Händen an den Schultern gepackt, und ein Gesicht preßte sich an das meine. Ich spürte stachlige Haare um den Mund, der mich küßte, und war gerührt; soweit ich mich erinnerte, hatte mir meine Tante noch nie einen Kuß gegeben.

Sie schob mich von sich und starrte mich mit wässrigblauen Augen an. «Ganz unverändert, nein so was, nach all den Jahren.» Natürlich log sie, ich war verändert, ich wäre aufs tiefste bestürzt gewesen, hätte ich noch so ausgesehen wie in der Zeit, in der ich den Namen nicht kannte. Auch die Tante war gealtert, ein großes, hageres Gespenst, in einem schäbigen schwarzen Kleid, mit schneeweißem, zu einem Knoten gedrehtem Haar und einem weißen Kinnbart. Doch ich gab ihr das Kompliment zurück und sagte, daß auch sie noch genauso aussähe wie vor dreißig Jahren.

Sie lachte scheppernd, als hätte ich einen Witz gemacht, und rief mit ihrer larmoyanten, herrschsüchtigen Stimme, die ich so-

50

fort wiedererkannte: «Maxl, so komm doch endlich, sie ist da.»

Mein Onkel, der mit elastischen Schritten auf mich zukam, trug eine brokatene Hausjacke, und da er auf den ersten Blick wie ein junger Mann aussah, hatte ich den Eindruck, er wolle auf einen Maskenball, auf eine jener Redouten vielleicht, wo er, laut der Familiensage, in früheren Jahren tolle Erfolge eingeheimst hatte. Erst als er mir die Hand hinstreckte, bemerkte ich das eingefallene Gesicht und die tiefen Falten um den von einem Gebiß in fremde Form gepreßten Mund. «Nett, daß du da bist. Hast du uns gleich gefunden?»

«Laß sie doch verschnaufen», sagte die Tante. «Sie hat natürlich Hunger, das sehe ich ihr an. Und du hältst sie mit deinem Geschwätz vom Essen ab.»

Der Onkel und ich setzten uns zu Tisch, die Tante deutete auf den Leuchter und sagte, «eine Erinnerung an deine geliebte Mutter», dann ging sie hinaus, aus dem einen Draußen ins andre Draußen. Als sie zurückkam, trug sie ein Tablett, auf dem drei Teller standen, auf jedem Teller lag ein grünes

51

Salatblatt, darauf angehäufelt eine graurosa Masse, verziert mir einer Zitronen-
scheibe, einer Olive und einem jener kleinen
roten, am Stil haftenden, süß-sauer einge-
machten kalifornischen Äpfel, die wie Ra-
dieschen aussehen.

«Wir essen heute à l'américaine», sagte der
Onkel. «Dir zu Ehren. Leider sind wir ja
nicht in der Lage, dir sonst sehr viel von den
Schönheiten unseres Landes bieten zu können.»

«Sie wird schon auf ihre Kosten kommen»,
sagte die Tante, «sie ist ja so geschickt.»

Es war mir unverständlich, warum sie
dachte, daß ich geschickt sei, was immer sie
darunter verstehen mochte. Wie kam ich zu
diesem Ruf? Hatte ich die Tante einmal
übers Ohr gehauen, ihr einen Besitz abge-
schmeichelt oder eines ihrer unzähligen Ge-
heimnisse? Oder tat es ihr einfach wohl,
hier, wo nichts gilt als Erfolg, sagen zu können: «Ich habe eine geschickte Nichte»,
damit verschleiernd, daß sie von einem
wirklichen Erfolg nichts wußte, und die
Möglichkeit offen lassend, ich könnte ihn,
dank dieser Eigenschaft, doch haben.

Das graurosa Zeug schmeckte versalzen und scheußlich.

«Ausgezeichnet», sagte der Onkel.

«Köstlich», die Tante. «Aber glaube nur nicht, daß er damit zufrieden ist. Immer will er Dampfnudeln essen.»

«Oder Rohrnudeln», sagte der Onkel.

«Oder Apfelstrudel», die Tante.

«Oder Kaiserschmarrn mit Schwarzbeerkompott», der Onkel.

«Oder Kalbshaxn», die Tante.

«Oder Weißwürst», der Onkel.

«Oder Leberknödelsuppe», die Tante.

«Leberknödelsuppe», wiederholte er mit verdrehten Augen. «Knödel, schöner Götterfunke», sang er vor sich hin. Plötzlich schlug er mit der Faust auf den Tisch und schrie: «Aber ich krieg's nicht. Nie krieg ich's. Nie.»

Er hatte sich verschluckt und fing an zu husten. Sie sprang auf und klopfte ihm den Rücken. «Durchatmen, Maxl, durchatmen. Eins zwei drei, eins zwei drei.»

«Meine Tropfen», keuchte er.

«Eins zwei drei. Eins zwei drei.»

«Tropfen.»

«Eins zwei drei.»

Sie langte mit der Rechten nach den Tropfen auf dem Büfett, während sie mit der Linken fortfuhr, den Rücken des Onkels zu klopfen; sie sah aus wie ein großer ungeschickter Rabe, der sich einen Flügel gebrochen hat und vergebens versucht zu fliegen. Irgendwie brachte sie es fertig, dem Onkel das Fläschchen zu geben, er nahm den Stöpsel ab und ließ die Tropfen auf einen Löffel fallen.

«Eins zwei drei, Maxl, durchatmen. Eins zwei drei.» «Kreuzdonnerwetter, ich glaub', ich hab' mich verzählt. Du mit deinem verdammten eins zwei drei. Jetzt weiß ich nicht, ob es zehn Tropfen sind oder elf.»

«Schütt sie weg, Maxl, schnell.»

«Nein, ich nehm' sie.»

«Zehn Tropfen hat der Doktor gesagt, ausdrücklich zehn. Schütt sie weg, Maxl, schütt sie weg.»

«Ich nehm' sie.»

«Siehst du, wie er ist», sagte sie und fing an zu weinen, «vergiften will er sich, um mir etwas anzutun.»

«Ich nehm' sie, ich nehm' sie», rief er trium-

phierend und blähte die eingefallenen Bak-
ken, als sie sich mit einem Schrei über ihn
warf und ihm den Löffel aus der Hand
schlug.

«Gott sei Dank», sagte sie und langte nach
einem neuen Löffel. «Gott sei Dank.» Jetzt
nahm sie selbst das Fläschchen und zählte
laut. Als sie bei zehn angekommen war,
sagte der Onkel: «Du hast die Sieben ausge-
lassen.»

«Bist du sicher?»

«Ganz sicher.»

Vorsichtig trug sie den Löffel hinaus und
brachte ihn abgewaschen zurück. Dann begann sie wieder zu zählen. «Jetzt sind es
zehn.»

«Ja», sagte der Onkel, «jetzt sind es zehn.
Aber ich brauch' sie nicht mehr. Der Husten
ist vorbei.»

Wir aßen weiter. Nach dem graurosa Zeug
gab es Obstsalat aus der Büchse.

«Du hast es gut», sagte die Tante, «du mußt
nicht selbst kochen.»

«Doch, ich koche selbst.»

«Nein, dort hat man eine Köchin. Und ein
Zimmermädchen. Keinen Eisschrank. Da-

für eine Köchin.»

«Aber ich habe einen Eisschrank.»

«Lächerlich. Mir kannst du nichts vormachen. Ich weiß doch, wie man dort lebt. Dir müssen ja bei uns die Augen übergehen. So hast du dir God's own country sicher nicht vorgestellt?»

«Hast du?» fragte der Onkel.

«Natürlich hat sie nicht», sagte die Tante. «Weißt du nicht mehr, wie überwältigt wir waren am Anfang?»

«Und wir sind es noch», sagte der Onkel. «Doch es ist jetzt ein anderes Gefühl. Damals waren wir Greenhorns, heute gehören wir dazu.»

«We are Americans», sagte die Tante.

«Amerikaner», der Onkel.

«Bürger», die Tante.

«Dieses freien Landes», der Onkel.

«Man braucht sich bei uns nicht einmal polizeilich anzumelden», die Tante.

«Das ist Freiheit», der Onkel.

«Man kann tun, was man will», die Tante.

«Wohnen, wo man will», der Onkel.

«Warum wohnt ihr dann ausgerechnet hier?»

«Los Angeles ist die schönste Stadt der Welt», sagte die Tante.

«Ich meine nicht Los Angeles. Warum wohnt ihr so weit draußen?»

«Es ist nicht weit draußen», sagte die Tante. «Das kommt dir nur so vor. Unsere Stadt ist eben größer, als ihr es euch in Europa vorstellen könnt.»

«Nun ja. Vielleicht tut das Wüstenklima Onkels Husten gut.»

«Der Onkel hat keinen Husten», sagte die Tante.

«Nicht die Spur eines Hustens.»

Da wir mit dem Essen fertig waren, setzten wir uns in die Wohnecke, der Onkel und ich auf das lila Ripssofa, die Tante auf einen der goldenen Stühle. Die Nachtluft war kühl, ich fröstelte.

«Kann ich bitte eine Jacke haben?»

«Nein», sagte die Tante, deren Hals von Gänsehaut überzogen war, «du brauchst keine Jacke. Bei uns ist es warm.»

«Ewiger Frühling», sagte der Onkel. «California hat das beste Klima der Welt.»

«Wenn ich daran denke», sagte die Tante, «wie wir früher gefroren haben. Wieviel wir für Heizung bezahlten. Keine Macht der Welt würde uns dazu bringen zurückzugehen.»

«Hast du es schwer?» fragte der Onkel.

«Sie ist doch so tapfer», sagte die Tante.

«Setzt er dir sehr zu?» fragte der Onkel.

«Wer soll mir zusetzen?»

Er beugte sich dicht zu mir, legte die Hand an den Mund und flüsterte: «Der Dingsda.»

«Den gibt es nicht mehr.»

«Alle dort sind Dingsdas», sagte die Tante.

«Aber keiner will es gewesen sein», der Onkel.

«Die arme Elisabeth», sagte die Tante.

«Der arme Eugen», der Onkel.

«Du weißt doch», die Tante.

«Mich friert», rief der Onkel. «Bring mir meinen Schal.»

Die Tante sprang auf, der goldene Stuhl fiel um. «Mein Maxl friert», schrie sie außer sich. «Schnell, schnell, holen wir dem Maxl einen Schal.»

Sie rannte hinaus, kam wieder mit einem Schal und einer Decke, in die sie den Onkel einpackte.

«Hast du Fieber, Maxl?» fragte sie.

«Nein», sagte der Onkel.

«Streck deine Zunge heraus.»

Der Onkel riß den Mund auf, streckte die Zunge heraus und sagte «Aahh». Sie fuchtelte mit der Kerze vor seinem Gesicht herum. «Ein wenig rot, aber kein Belag, Gott sei Dank.»

Sie setzte sich wieder, das Gespräch konnte weitergehen. «Was wolltest du von der armen Elisabeth sagen?»

«Vielleicht habe ich doch Fieber», sagte der Onkel, «mir ist so komisch.»

Die Tante stürzte wieder hinaus und brachte ein Thermometer, das sie dem Onkel unter die Zunge schob.

«Die arme Elisabeth...»

«Sei still», sagte die Tante. «Das ist viel zu traurig. Du kannst dir ja gar nicht vorstellen, was da alles passiert ist.»

«Doch, liebe Tante, ich kann. Man hat sie in Auschwitz ermordet.»

Der Name stand in dem Raum ohne Wände, füllte ihn, sickerte hinaus in die Wüste, füllte die Wüste, ein Sprengstoff, den ich mit mir herübergeschleppt hatte vom an-

59

dern Ende der Welt, um ihn hier in die Luft zu jagen.

Die Wirkung war prompt, der Onkel fing an zu husten, das Thermometer fiel ihm aus dem Mund, die Tante klopfte ihm den Rükken und schrie: «Du bist still, sofort bist du still, du böse Person. Da siehst du, was du angerichtet hast.»

«Wir wollen nicht davon sprechen», sagte der Onkel und hörte zu husten auf. «Diesen Namen nehmen wir nicht in den Mund.»

«Wir sind nicht so herzlos wie du», sagte die Tante, während sie das Thermometer aufhob. «Alle wundern sich, daß du dort leben kannst. Wie bringt ein Mensch es nur fertig, alles so schnell zu vergessen?»

«Die Dingsdas sind schlecht», sagte der Onkel.

«Die Amerikaner sind gut», die Tante.

«Demokraten», der Onkel.

«Bei uns kann so etwas nicht vorkommen», die Tante.

Es entstand eine Pause, dann sagten beide: «Wir wollen davon nichts wissen.»

Dieser Satz war nur eine Unterbrechung der Pause, ein einsam stehendes Ausru-

60

fungszeichen, nach dem nichts mehr kam.
Ich wußte auch nicht, was nach ihm hätte
kommen sollen, und Onkel und Tante wußten es offenbar ebensowenig. Das Nichts
war absolut. In einem gewissen Sinn bewun-
derte ich es, ein absolutes Nichts zu erzeu-
gen, ist nicht so einfach und erfordert eiserne Entschlossenheit.

Schon glaubte ich nicht mehr daran, daß es
gelingen könnte, es zu durchbrechen – sie
hatten mich mit ihrem Knusper-Knusper-
Knäuschen hineingelockt in das Hexenhaus
ihrer Phantasielosigkeit, um mich mit ihrem
sturen Nicht-wissen-Wollen zu mästen, bis
ich faul und träge und dumm war wie sie
und reif, gefressen zu werden – als sich
plötzlich alles verwandelte, sich auflöste in
Licht und Schatten, in mildes, gleichmäßi-
ges Licht und tiefe, bizarre Dunkelheit.
Schwere wurde leicht, der Tisch schien zu
schweben, das Sofa, auf dem wir saßen, der
Stuhl der Tante, ihr Haar glänzte silbern
wie die Kuppeln der Markuskirche. Das Stil-
lose hatte Stil bekommen, mondlichtgebore-
nen Wüstenstil.

Der Mond war nicht aufgegangen, er stand

über uns, nicht der gute Mond von zu Hause, sondern eine leuchtende, nach oben geöffnete Schale. Ein fremder Mond in fremder Lage an fremder Stelle, zum erstenmal spürte ich, wie weit fort von Europa ich war.

Der Onkel hatte den Kopf zurückgelegt und schaute nach oben. Dann sagte er leise, mit etwas zittriger Stimme: «Füllest wieder Busch und Tal still mit deinem Glanz.»

Er zitierte falsch, merkte es nicht und wußte wahrscheinlich auch nicht, wie es weiterging, aber einen Augenblick lang war ihm anzusehen, daß die Worte ihn glücklich machten.

«Schnickschnack», sagte die Tante, «hier gibt's weder Busch noch Tal. Reg dich nicht auf, Maxl, über solch einen Blödsinn.»

«Es ist von Goethe», sagte der Onkel, «Das weiß ich noch. Ich habe es in der Schule gelernt. Das war eine schöne Zeit. Omnia Gallia est divisa in partes tres.»

«Er ist gebildet, dein Onkel», sagte die Tante.

«Wer gebildet ist, kennt die Welt», sagte der Onkel.

«Wir haben unsere Hochzeitsreise nach Venedig gemacht», sagte die Tante. Und deutete auf das Büfett: «Das ist Venedig.»

«Der Markusplatz», sagte der Onkel. «Es gibt auch den Petersplatz, aber ich weiß nicht mehr, wo der ist.»

«Man kann nicht alles wissen», sagte die Tante. «Wir kennen Venedig, Kuba und Amerika.»

«Und Dort», sagte der Onkel.

«Dort natürlich, das brauchst du nicht zu erwähnen, da sind wir ja her.»

«Ich möchte Dort aber erwähnen», sagte der Onkel. «Sonst bekommt sie ein ganz falsches Bild.»

«Dort gibt es Berge», sagte die Tante.

«Und unsere prächtigen Voralpenseen.»

«Und Wiesen voll Schlüsselblumen.»

«Enzian, kurzen und langen, der lange wird auch Gentzian genannt», der Onkel.

«Und den Kutscher Mischko, der uns zweispännig nach Bad Kreuth fährt», die Tante.

«Und den Schnee», der Onkel. «Den Schnee vor allem. Der Schnee knirscht. Der Schnee glitzert. Der Schnee ist weiß und sauber.»

«Hier gibt es keinen Schnee», sagte die

Tante. «Gott sei Dank gibt es keinen Schnee.»

«Ein glückliches Land, wo es keinen Schnee gibt», sagte der Onkel.

«Happy», rief die Tante, «nicht glücklich, happy.»

«Ja, happy», sagte der Onkel. «Das sagen wir immer, daß wir happy hier sind, aber nicht glücklich.»

«Tsch», fuhr die Tante dazwischen, «die Joseph behauptet das, und ich habe dir schon hundertmal gesagt, daß wir mit der nicht verkehren können. Sie kommt aus Deggendorf, und ihr Vater war Viehhändler.»

«Im allgemeinen verkehren wir nur mit Leuten aus München», erklärte der Onkel.

«Unsere schöne Hauptstadt», sagte die Tante.

«Sie hat eine Residenz und ein Hoftheater.»

«Und den Hofgarten und das Oktoberfest.»

«Das Oktoberfest», schrie der Onkel, «Wie geschwolln du daherredst. D' Wiesn heißt's.»

«Reg dich nicht auf, Maxl, d' Wiesn.»

«Und unsere Nationalhymne», sagte der Onkel. «Gott mit dir, du Land der Bayern.»

64

«Und überhaupt», sagte die Tante.

«Aber der Dingsda, der Dingsda», sagte der Onkel und schüttelte den Kopf.

«Der Dingsda mag uns nämlich nicht», flüsterte die Tante.

«Wer mag schon wen?» sagte der Onkel.

«Das kannst du nicht sagen», sagte die Tante. «Hier mag man sich.»

«Jeder ist freundlich zu jedem», sagte der Onkel. «Nachbar hilft Nachbarn, Reich hilft Arm, Weiß hilft...»

Er hörte auf zu reden, schaute mich hilfesuchend an und räusperte sich.

«Sei vorsichtig, Maxl», rief die Tante, «denke an deinen Husten.»

Der Onkel dachte an seinen Husten und sagte energisch: «Vieles ist besser geworden, doch kann man die Rassenfrage von heute auf morgen nicht lösen.»

«Die Schwarzen sind faul und dumm», sagte die Tante. «Ich habe eine schwarze Putzfrau gehabt. Du kannst dir nicht vorstellen, was ich da mitgemacht habe. Solch ein renitentes Luder. Nie verstand sie, was ich ihr sagte. Sie konnte überhaupt nicht richtig Englisch.»

65

«Viele Leute verstehen uns nicht», sagte der Onkel.

«Aber sie besonders», beharrte die Tante.

Der Onkel nickte.

«Es wäre am besten, man würde sie nach Afrika zurückschicken», sagte die Tante.

«Amerika den Amerikanern», rief der Onkel.

«Wir brauchen keine Schwarzen, keine Mexikaner und keine Katholiken», schrie die Tante.

«Amerika den Amerikanern», wiederholte der Onkel.

Mit großen Schritten ging die Tante zum Büfett und entnahm der mittleren Schublade, der unter dem Markusplatz, ein Sternenbanner, schleuderte es sand- und staubaufwirbelnd ein paarmal durch die Luft und legte es sich um die Schultern.

Der Onkel wickelte sich aus der Decke, stand auf und salutierte. «Unser Land», sagte er, «ist der Hort der Freiheit und Demokratie. Bei uns hat sich die Forderung der Atlantik-Charta verwirklicht: Es gibt weder Armut noch Angst.»

«Reg dich nicht auf, Maxl», sagte die Tante.

«Werde mir nur nicht krank.»

«Wir haben nicht genug Geld, um krank zu werden», sagte der Onkel. «Kranksein können sich hier nur die Reichen leisten.»

«Wenn man nicht reich ist, ist man eine Nummer», sagte die Tante.

«Eine Nummer auf einem Fließband», der Onkel.

«Das war Dort anders», sagte die Tante. «Dort war ein Patient keine Nummer.»

«Dort war er ein Mensch», der Onkel.

«Elisabeth und Eugen waren Nummern, als man sie ins Gas schickte. Und Otto, Leopold und Selma. Vielleicht hat man ihnen auch eine Phenolspritze ins Herz gegeben, sie erschossen oder totgeschlagen.»

«Sei still, du herzlose Person», zischte die Tante. «Mußt du immerfort davon sprechen?»

«Wir wollen davon nichts wissen», schrien Onkel und Tante im Chor.

«Wir wollen nicht daran denken», sagte die Tante.

«Und nicht erinnert werden», der Onkel.

«Wir sind keine Dingsdas mehr», die Tante.

«We are Americans.»

«Wir haben uns ein neues Leben aufgebaut.»

«In diesem Land», sagte der Onkel, «in dem es Autos, Radios, Fernsehapparate, Brutapparate, Eisschränke, eiserne Lungen, künstliche Nieren, Herz-Lungenmaschinen, Waschmaschinen, Geschirrspülmaschinen, Rechenmaschinen, Schreibmaschinen, Sprechmaschinen, Zwitschermaschinen...»

«Zwitschermaschinen gibt es nicht», sagte die Tante.

«Zwitschermaschinen gibt es», der Onkel.

«Zwitschermaschinen gibt es nicht.»

«Zwitschermaschinen gibt es, gibt es, alles gibt es bei uns.»

«Zwitschermaschinen nicht.»

«Doch.»

«Nein. Keine Zwitschermaschinen.»

«Siehst du», sagte der Onkel, «wie sie mir das Leben zur Hölle macht. Zwitschermaschinen gibt es.»

«Und ich sage nein.»

«Es gibt sie.»

«Gibt sie nicht.»

«Zwitschermaschinen», schrie der Onkel. «Zwitscher...Zwitscher...Zwitscher...»

Er konnte nicht weitersprechen, der Husten schüttelte ihn.

«Nicht husten, Maxl, nicht husten», flehte die Tante.

«Zwitsch... Zwitsch...», machte er, und Speichel lief ihm aus dem Mund.

«Nicht sprechen, durchatmen, Maxl.»

Sie schlug ihn auf den Rücken, suchte nach den Tropfen, umhüpfte ihn, ein großer schwarzer Vogel.

«Durchatmen, Maxl, durchatmen. Eins zwei drei. Eins zwei drei.»

Da ging ich fort, hielt mich in der Richtung, aus der ich gekommen war, meine Füße versanken im Sand, ich ging und ging und hörte hinter mir das eins zwei drei immer leiser werden.

Die kleine Sonja Rosenkranz

Marthe Besson saß in ihrer kleinen Pariser
Wohnung, vor sich einen Hocker, auf dem
sie die Beine hochlagern konnte, jetzt stand
ein Glas Rotwein darauf und daneben lag
die Fernbedienung des schon eingeschalte-
ten Fernsehapparates. Marthe wartete auf
einen Film über die Résistance in Frank-
reich. Eigentlich hätte sie sich den Film nicht
anzusehen brauchen, die Jahre des Wider-
standes im Krieg waren die wichtigste Zeit in
ihrem Leben gewesen. Vielen hatte sie zum
Untertauchen verholfen, Juden, politisch
Verfolgten, aufrechten Patrioten. Nach
dem Krieg hatte ihr de Gaulle persönlich
einen Orden angesteckt und ihr einen Augenblick lang die Hand gedrückt.
Sie war neugierig darauf, wie fremde Menschen in diesem Film den Widerstand ge-
staltet hatten. Sie gehörte nicht zu den Leuten, die von der Kriegszeit nichts mehr
wissen wollten. Sie mokierte sich über diese
Haltung und fand, daß man schon um der
Toten willen und um Faschismus und Krieg
in Zukunft zu verhindern, nichts von dem,
was da geschehen war, vergessen durfte.
Doch sie verhehlte sich nicht, daß ihr einsti-

ger Elan einer sie oft quälenden Müdigkeit
und der vagen Sehnsucht nach dem aktiven
Leben in der Illegalität gewichen war.

Der angekündigte Film im Fernsehen begann. Der Vorspann zog an ihren Augen
vorbei. Namen von Schauspielern, die ihr
fremden Namen des Regisseurs, des Kame-
ramannes, der Cutterin, ganz zum Schluß
der Satz: *Künstlerische und historische Bera-
tung: Blanche Molitier.*

Der Schlag aufs Herz. Marthe Besson stieß
einen leisen Schrei aus, richtete sich kerzen-
gerade in ihrem Sessel auf, ihre Hände um-
klammerten die Armlehnen.

Völlig verwirrt, mit tiefer Verwunderung
über sich selbst dachte Marthe, es sei doch
nicht möglich, daß ihr der Name Blanche
Molitier ganz abhanden gekommen war.
Daß jeder Mensch, daß auch sie selbst ver-
drängen konnte, kam ihr nicht in den Sinn.
Sie war eine kleine Lehrerin für Englisch
und Deutsch gewesen, eine engagierte
Kämpferin gegen Ungerechtigkeit, Gewalt
und Menschenverachtung, keine Psycho-
login.

Doch jetzt kam mit dem Namen auf dem

Fernsehschirm alles zurück, die Wut, der Schmerz, aber auch die alte Energie und das Gefühl, um jeden Preis die Wahrheit herausfinden zu müssen.

Während der Film, den sie kaum wahrnahm, lief, dachte Marthe intensiv an das, was damals geschehen war.

Angefangen hatte es mit ihrem Besuch bei Heinz und Gaby Rosenkranz. Die beiden stammten aus Berlin; kennengelernt hatten sie sich in einer kleinen Buchhandlung, die noch immer die verbotenen Bücher deutscher Schriftsteller führte. Als sie beim kargen, kriegsmäßigen Abendessen saßen, hatte Marthe Besson die beiden wie schon so oft vorher gebeten, sich zu retten und endlich unterzutauchen. Und wie immer hatten sie es abgelehnt, in die Illegalität zu gehen und dadurch andere Menschen in Gefahr zu bringen.

Dann aber hatte Heinz Rosenkranz gesagt: Da wäre doch etwas, wofür sie ihre, der guten Freundin Hilfe in Anspruch nehmen wollten.

Sie wisse doch, da gäbe es ihre Nichte, Sonja

Rosenkranz, einziges Kind seines Bruders. Wenigstens das Mädchen wüßten sie gerne in Sicherheit, falls ihnen selber etwas passieren sollte. Es könne nicht so schwer sein, sie unterzubringen, sie sei blond, von ruhigem und verständigem Wesen, kein bißchen auffallend, kein bißchen jüdisch aussehend. Niemand bräuchte Sonja umsonst aufzunehmen, sie könne bezahlen, mit dem aus Deutschland herausgeschmuggelten Geld.

Er stand auf, holte aus dem Wandschrank ein dickes, verschlossenes Kuvert und schob es Marthe zu.

Kurz nach diesem Abend rief eine Nachbarin bei Marthe an und erzählte ihr, das Ehepaar Rosenkranz sei in der Nacht aus seiner Wohnung geholt und auf Transport gestellt worden. Die kleine Sonja Rosenkranz sei der Verhaftung entgangen, weil sie in der Mansarde übernachtet habe.

Marthe machte sich sofort auf den Weg. Sie fand Sonja in Tränen aufgelöst über die Deportation von Onkel und Tante. Ihre Eltern seien in Deutschland geblieben, ob noch in ihrer Wohnung, ob noch am Leben, wisse sie nicht. Jetzt fühle sie sich ganz allein auf der Welt.

Marthe dachte, daß die Männer sich eigentlich um dieses reizende Geschöpf reißen müßten. «Hast du keinen Freund?» Sonja schüttelte den Kopf: «Ich hatte einen. Er ist dort geblieben, eingezogen wahrscheinlich sofort nach dem Abitur, vielleicht längst gefallen.»

Das Weinen wurde stärker, Marthe konnte das Mädchen nur zu gut begreifen.

Sonja begleitete sie später zur Tür, dabei bemerkte Marthe wieder Sonjas leicht hinkenden Gang, Folge einer Kinderlähmung, wobei dieser kleine Defekt ihr einen eigentümlichen Reiz verlieh.

Marthe versprach, bald wiederzukommen, sowie sie einen Untertauchplatz gefunden habe. Doch es war wie verhext, niemand wollte noch eine Verfolgte bei sich aufnehmen. Schließlich meinte ein Freund aus der Résistance, da wäre doch diese junge Journalistin Blanche Molitier, sie wohne allein in einer recht geräumigen Wohnung, sei als gute Patriotin und als tatkräftig bekannt. Er verständigte eine Freundin, die Blanche Molitier gut kannte und Marthe bei ihr anmeldete.

Marthe ging sofort hin, jeden Augenblick konnte es neue Razzien geben. Blanche Molitier mochte Anfang zwanzig sein, hübsch und gepflegt. Natürlich würde sie ein junges Mädchen bei sich aufnehmen. Als Marthe sagte, sie bräuchte es nicht umsonst zu tun, winkte sie ungeduldig ab. Die Wohnung war schön und hell, Marthe war recht zufrieden. Sie schilderte noch am gleichen Tag der kleinen Rosenkranz den Untertauchplatz in hellen Farben. Sonja sagte: «Ich wäre überall hingegangen, auch in ein feuchtes Loch. Auch außerhalb von Paris. Ich bin gern auf dem Land.»

Immer noch lief im Fernsehen der Film über den Widerstand. Marthe hatte nicht hingesehen, saß gebeugt da und hielt sich die Augen mit der Hand zu. Noch heute wußte sie nicht genau, was damals eigentlich geschehen war. Nur daß sie, Marthe Besson, versagt hatte, das wußte sie.

Am nächsten Abend hatte sie das Mädchen, ach was, das Kind, zu Blanche Molitier gebracht. Sonja hatte vor Blanche Molitier eine Art Knicks gemacht, und die hatte das Mädchen in die Arme geschlossen und es geküßt. Nachdem Marthe der Molitier noch das Geldkuvert überreicht und sie gebeten hatte, es für Sonja aufzuheben, war sie mit einem recht guten Gefühl weggegangen und hatte lange, zu lange Zeit nichts von den beiden gehört.

Das war kurz nach Stalingrad, also mitten im Krieg gewesen. Einige Monate vor der Befreiung las Marthe in einem jener kleinen illegalen Blättchen, die es damals überall gab, daß die Leiche einer jungen deutschen Emigrantin aus der Seine gefischt worden sei. Sie habe einen Mantel ohne Stern getragen, doch habe man noch die Stelle sehen können, wo der Stern einmal angenäht gewesen war. Dank des verwaschenen Ausweises in der Manteltasche habe man den Namen des Mädchens feststellen können: Sonja Rosenkranz. Sonst wußte man nichts. Auch nicht, ob sie freiwillig in den Fluß ge-

gangen oder hineingestoßen worden war.
Marthe war zuerst wie gelähmt gewesen, ta-
gelang hatte sie auf einen Anruf, ein Le-
benszeichen von Blanche Molitier gewartet.
Wieso war Sonja aus ihrer Wohnung fort
und an die Seine gekommen? Und wo war
das Geld?
Marthe hatte gewartet, gewartet, doch Blan-
che Molitier meldete sich nicht. Da war
Marthe zu der Wohnung gegangen, in die
sie Sonja einst gebracht hatte. Die Concierge
sagte, Madame Molitier sei schon seit Wo-
chen verreist. Wohin, das wisse sie nicht.
Nein, von einem jungen Mädchen, das bei
Madame gewohnt habe, sei ihr nichts be-
kannt.
Alles war sehr rätselhaft. Marthe fragte den
Freund aus der Résistance nach Blanche
Molitier. Nein, zur Résistance gehöre die
Molitier nicht, sie sei auch keine Genossin.
Und wohin sie verreist war, konnte er nicht
sagen.
Wochenlang hatte es Marthe immer wieder
versucht. Die Molitier blieb wie verschollen.
War sie eine Mörderin? Eine Diebin? Eine
Verräterin? Ach nein, hätte sie Sonja verra-

79

ten, wäre das Mädchen nach Auschwitz oder in ein anderes Lager deportiert und dort ermordet worden. Wieso aber die Seine?

Als Marthe sich vor dem Fernseher langsam aus ihrer Erstarrung löste, rief sie beim Sender an, ließ sich die Nummer von Blanche Molitier geben und wählte sie sofort. «Es spricht Marthe Besson», sagte sie zu der Frau, die sich mit Molitier meldete. «Vielleicht wissen Sie nicht mehr, wer ich bin.»
«Doch ja», sagte die andere unfreundlich. «Ich glaube schon. Was wünschen Sie?»
«Ich möchte mit Ihnen sprechen. Wann darf ich zu Ihnen kommen?»
«Tut mir leid. Ich bin in den nächsten Monaten sehr beschäftigt. Ich sitze an der Arbeit für ein Buch, so daß ich unmöglich Besuch empfangen kann. Ich wüßte auch nicht, was wir besprechen sollten. Wir kennen uns ja kaum.»
Damit hängte sie ein und überließ Marthe einer dumpfen Verzweiflung.
Was sollte sie tun? Jahrelang war Blanche Molitier wie verschollen gewesen. Und dann hatten die gleichförmigen Jahre in der

80

Schule die Erinnerungen an den Krieg ver-
drängt. Doch jetzt mußte Marthe wissen,
was damals geschehen war.
Sofort, auf der Stelle, mußte es wissen um
jeden Preis.

Sie rief einen Kameraden aus dem Wider-
stand an, den sie als geduldig und hilfsbereit
kannte.
«Erinnerst du dich an die junge deutsche
Jüdin Sonja Rosenkranz, die man kurz vor
Kriegsende aus der Seine gezogen hat?»
«Ich muß nachdenken. Sonja Rosenkranz?
Nein, wirklich nicht. Was war mit ihr?»
«Das eben möchte ich wissen. Ich habe sie
selbst zu ihrem Untertauchplatz bei Blanche
Molitier gebracht. Wieso sie von dort fort
und an die Seine gekommen ist, das möchte
ich erfahren.»
«Nach so vielen Jahren?»
«Ich muß es wissen. Auch wenn doppelt so
viel Zeit vergangen wäre, würde ich es wis-
sen wollen.»
Es entstand eine lange Pause, dann sagte er:
«Laß die Finger davon. Es macht dir nur
Ärger, was sollte dabei herauskommen?»

«Da ist noch etwas.»

«Ja? Was denn?»

«Geld. Sonja Rosenkranz hatte ziemlich viel Geld. Ich selbst habe es Blanche Molitier gegeben, als ich Sonja zu ihr brachte.»

«Du glaubst, daß die Molitier es unterschlagen hat?»

«Ja, das glaube ich.»

«Hast du Zeugen? Kannst du beweisen, ihr das Geld gegeben zu haben?»

«Beweisen kann ich es nicht.»

«Dann steht Aussage gegen Aussage. Blanche Molitier ist eine ziemlich prominente Frau. Man wird ihr glauben, nicht dir. Noch einmal, Marthe, in alter Freundschaft der Rat: Laß die Finger davon. Wenn überhaupt, hättest du damals versuchen sollen, Licht in die Sache zu bringen.»

Es war klar, daß er das Gespräch beenden wollte, doch Marthe redete weiter: «Ich habe ja damals versucht, Blanche Molitier zu sprechen. Sie war wie vom Erdboden verschwunden.»

«Und nach dem Krieg?»

«Das gleiche. Irgend jemand erzählte dann, sie sei gemeinsam mit einem Mann, der als

Kollaborateur gesucht wurde, nach Spanien gegangen. Zu Franco, zu den Faschisten. Mehr braucht man eigentlich von dieser Frau nicht zu wissen.»

Marthe war nicht mehr zu bremsen. Sie rannte, rannte, ohne nach links oder rechts zu sehen. Eine Amokläuferin, die in ihrer Raserei nicht mehr weiß, wohin es sie treibt. An alle ihre Freunde – und sie hatte viele – wandte sie sich mit der Bitte, ihr zu helfen. Doch keiner fand sich bereit, längst verwehten Spuren nachzuspüren. Jeder sagte: eine traurige Geschichte. Aber so schrecklich lange her.
Es war in der Tat schrecklich lange her.
Einmal redete ein älterer Mann, ein angesehener Rundfunkjournalist, kein Freund, aber doch ein guter Bekannter, sehr ernsthaft mit ihr: «Geben Sie dieses unsinnige Unterfangen auf, Marthe. Es nützt niemandem und verdirbt Ihr Leben.»

Doch Marthe konnte nicht aufgeben. Ein Damm war in ihr gebrochen, und nun spülte die Erinnerung über sie hinweg.

Warum hatte sie das Mädchen nicht bei sich behalten? Unmöglich damals bei ihren vielfältigen Verbindungen zur Résistance. Die Gestapo konnte jeden Tag bei ihr auftauchen. Warum hatte sie sich nicht genauer nach Blanche Molitier erkundigt? Eigentlich wußte sie nichts von dieser Frau. Warum hatte sie, Marthe, Heinz Rosenkranz nicht gesagt: Ich kann die Verantwortung für deine Nichte nicht übernehmen. Ich will ihr gerne helfen, doch die Verantwortung zu tragen, ist mir zu schwer. Ich habe für zu viele Menschen zu sorgen, Lebensmittelkarten und gefälschte Ausweise zu beschaffen und zu verteilen. Nun, sie hatte es nicht gesagt und die volle Verantwortung übernommen.

Marthe erkundigte sich, ob man im Krieg Menschen, die in der Seine ertranken, obduziert hatte. Man hatte es nicht. Ob es eine Liste dieser Menschen gab? Keine Liste. Die kleine Sonja Rosenkranz war nicht mehr klein. Sie wuchs und wuchs in Marthes armem Kopf, verdrängte jeden Gedanken – bis auf den einen – jenen an Blanche Molitier.

Sie rief bei Blanche Molitier an. Aber unter
der Nummer, die sie kannte, erreichte sie
nur noch ein Tonband; sie schrieb Briefe,
auf die sie nie eine Antwort bekam; sie wartete in der Nähe ihrer Wohnung auf sie.
Aber würde sie die Molitier auch wiederer-
kennen? Sie mußte inzwischen eine ziemlich alte Frau sein.

Da kam ihr der Zufall zu Hilfe. Sie hatte am
Fernsehschirm nach einer Sendung gesucht, die ihr gefiel, und war plötzlich in
ein Interview mit Blanche Molitier geraten.
Nein, wie eine alte Frau wirkte sie nicht. Sie
sah gepflegt aus, schick gekleidet, selbstsi-
cher und um viele Jahre jünger als ihr Alter.
Marthe wartete am nächsten Tag vor der
Zeitungsredaktion. Tatsächlich kam Blanche Molitier heraus. Sie hatte einen weit
ausgreifenden, elastischen Schritt und sah
noch jünger aus als im Fernsehen.
Marthe schob sich langsam an sie heran.
«Verzeihung, Madame Molitier, kann ich
Sie einen Augenblick sprechen?»
Blanche Molitier hob den Kopf und

schaute Marthe erstaunt an: «Einen Augenblick, ja. Was wollen Sie?»

«Sie wissen, wer ich bin?»

«Ich glaube schon. Madame Besson.»

Marthe nickte: «Warum haben Sie das getan?»

«Was getan? Ich verstehe nicht ganz.»

«Sonja Rosenkranz fortgehen lassen oder sie fortgeschickt.»

Blanche lachte kurz und hart.

«Sie meinen den kleinen Fratz, der heimlich bei Nacht und Nebel von mir fort ist? Sehr unangenehm für mich, wie Sie sich vorstellen können. Sie kannte ja meine Adresse und jemand, der von seinem Untertauchplatz heimlich fortläuft, ist auch imstande, seinen Wirt bei der Gestapo anzuzeigen.»

«Das aber hat sie nicht getan.»

«Gottlob nein, so bin ich bei allen Opfern, die ich damals gebracht habe, einigermaßen ungeschoren durch den Krieg gekommen.»

«Und Sonjas Geld? Wo ist das geblieben?»

«Was meinen Sie mit Sonjas Geld? Wenn sie welches hatte, wird sie es mitgenommen haben.»

«Sie hat es nicht gehabt. Ich habe es Ihnen

86

übergeben. In einem dicken Kuvert.»
Blanche Molitier strich sich über die Augen:
«Ich kann mich wirklich nicht erinnern.»
Zum ersten Mal bemerkte Marthe mit
Freude, daß die andere unsicher wurde,
und einen Augenblick, wirklich nur einen
Augenblick lang, daß sie sich fürchtete.
Hatte sie das Mädchen mißhandelt? Miß-
braucht? Wie war Sonja an das Seine-Ufer
gekommen, und was war dort geschehen?
Ein Sprung ins Wasser oder der Stoß eines
unbekannten Mannes, einer unbekannten
Frau?
Sie würde es wohl nie erfahren, und Blan-
che Molitier war nicht beizukommen: Die
Behauptung, Sonja sei weggelaufen, konnte
nicht widerlegt werden, und von dem Geld
wußte außer Marthe kein Mensch.

Einer der wenigen Freunde, der Marthe
noch regelmäßig besuchte, sagte eines Ta-
ges: «Mach dir nicht zu viele Gedanken,
liebe Marthe, schließlich hast du durch deinen Einsatz Sonja vor dem KZ bewahrt.
Zum Beispiel davor, nackt durch den soge-
nannten Schlauch in Treblinka der Gas-

kammer entgegengetrieben zu werden.»
«Du meinst, die Seine sei weniger schlimm gewesen?»
Irgendwie leuchtete Marthe das ein. Aber es ist nicht so leicht, sich von einer fixen Idee zu trennen.
Treblinka, das wußte sie, war dem Erdboden gleichgemacht worden. Doch es gab andere Lager, die noch standen. Würde es sie von ihrem Sonja-Komplex befreien, wenn sie sich die Lager ansah?
Sie wollte es ausprobieren. Als sie noch Lehrerin gewesen war, hatte sie ab und zu für einige kleinere französische Provinzblätter geschrieben. Jetzt wandte sie sich an die Redaktionen und versprach ihnen Berichte aus ehemaligen deutschen Konzentrationslagern.
Einige waren interessiert und sogar bereit, einen Teil der Reisekosten zu übernehmen.
Blanche Molitier war plötzlich nicht mehr so wichtig.

Und so kam es, daß Marthe von KZ zu KZ fuhr, von Buchenwald nach Neuengamme, von Dachau nach Mauthausen und zum

Schluß auch nach Auschwitz. Sie besichtigte alles mit dem Schauder, der sich bei jedem Besucher einstellt, und darüber berichtete sie, nicht ohne jedes Mal zu erwähnen, das KZ sei sicher das Schlimmste, das einem Menschen habe zugefügt werden können.

Am Ende glaubte sie es selbst, und über all dem verblaßte die leicht hinkende Gestalt der kleinen Sonja Rosenkranz immer mehr, wurde dorthin versetzt, wohin sie, wie jetzt Marthe deutlich erkannte, schon immer gehört hatte: in die traurige Gesellschaft unzähliger, in Massengräbern verscharrter, vielversprechender junger Menschen, die durch Hitler und seine Schergen vor ihrer Zeit zu Tode gekommen waren.

Das Schönste der Welt

Grau und glatt ist das Meer. Tief herab bis zum Horizont hängen die Wolken. Nichts ist zu spüren von einem sonnigen, frischen Morgen, obwohl es kaum über sechs Uhr ist. Vor langer Zeit haben sie das Mittelmeer das Schönste der Welt genannt, Bella und er, als sie trunken vor Glück in Positano waren und über die Küstenstraße nach Sorrent und Amalfi wanderten, immer hoch über dem Meer, das mit leichten Wellen an die Ufer schlagend, smaragdgrün am Rand, dann schwarz über moosbewachsenen Felsen in die eigentliche, die ungeheuerliche Farbe überging, das tiefe Blau, das etwas dunkler als der Himmel und etwas heller als die Veilchen war. Die Schönheit schlechthin. Über schmale Ziegenpfade stiegen sie auf den Monte S. Angelo, von dessen Gipfel aus sie das Meer auf drei Seiten hatten. Unendlich und verlockend, sich hineinzustürzen und die ganze Welt zu vergessen. Wie hat Bella das Mittelmeer geliebt. Ich möchte sterben, hat sie gesagt, hier auf der Stelle, sterben vor Glück.

Jetzt ist Bella tot, und er, Ben, sitzt allein in seinem Wagen, den er am Rande der Straße abgestellt hat, die von Sta. Margherita nach Portofino führt. Er schaut auf die graue Wasserfläche, seine Hände umfassen das Steuerrad. Nicht gestorben vor Glück ist Bella, umgebracht wurde sie in einer der Gaskammern von Sobibor. Zusammen mit Ineke, ihrem gemeinsamen Kind. Vielleicht auch nicht zusammen, vielleicht hat Bella nichts davon gewußt, daß die kleine Tochter mit dem unjüdischen Namen so nah und gleich ihr diesen schrecklichen Tod starb. Hat Bella an ihn, ihren Liebsten, gedacht? Denkt ein Mensch, der im Gas erstickt wird, überhaupt noch? War sie erleichtert, daß wenigstens er in England in Sicherheit war? Sicherheit? Er war Pilot der Royal Air Force, der Bomben über Deutschland abwarf. Er konnte auch abgeschossen werden. Er wurde nicht abgeschossen. Nach jedem Flug die sichere Landung. Bei jedem Flug der Gedanke an Bella, die schöne Geliebte, die da irgendwo tief unter ihm in Holland auf ihn wartete.

Warum hatte er eingewilligt, ohne sie und das Kind mit dem alten Flugkameraden nach England zu fliehen, um für die Alliierten zu kämpfen? Tu es um meinetwillen, hatte sie gesagt. Sie war ja nicht in Gefahr. Nur junge Männer waren gefährdet. Keiner von ihnen hatte damals, 1941, geahnt, daß alle Juden bedroht waren. Eine junge schöne Frau und ein zehnjähriges Kind. Ein zartes, blondes Kind mit dem unjüdischen Namen Ineke.

Warum war er geflohen und hatte Bella und das Kind zurückgelassen? Unmöglich, sie in der kleinen Maschine mitzunehmen, die bei Nacht gestartet war, um kampfentschlossene junge Männer nach England auszufliegen. Ungefährlich war diese Flucht nicht gewesen. Wie leicht hätte die Maschine entdeckt und abgeschossen werden können. Geh um meinetwillen, hatte Bella gefleht, und dann war das schreckliche Wort *Mauthausen* zwischen ihnen gestanden wie eine Wand. Nach Mauthausen waren junge Männer verschleppt worden, von dort kamen die Todesnachrichten. Keine Frau war bis jetzt nach Mauthausen gekommen, und erst recht kein Kind.

Da war er gegangen.

Nach dem Krieg flog er mit einer der ersten Maschinen nach Holland. Seine Eltern hatten im Untergrund überlebt.

Und Bella und Ineke? Betroffenes Schweigen. Auch sie waren untergetaucht, wurden verraten und abtransportiert. Eine Frau, ein Kind.

Er geht den Transportlisten nach, keiner von diesem Transport hat überlebt.

Er fährt nach Sobibor, findet nichts als graue, mit Asche vermischte Erde.

Irgendwann nimmt er das alte Leben wieder auf. Er ist Testpilot, ohne jede Freude. Er lernt Rosa kennen, eine nicht mehr ganz junge, nicht sehr hübsche Witwe, die untergetaucht in Amsterdam überlebte, während ihr Mann in Auschwitz umkam. Macht Liebe mit ihr, ohne Liebe zu fühlen. Jetzt schläft sie drüben im Hotel in Sta. Margherita, wird mit dem Gedanken erwachen, daß sie morgen an die Cinque terre fahren, um dort die Sommerferien zu verbringen. Er weiß, daß es nicht so ist.

Heiraten will er sie nicht, das hat er ihr gesagt, wie könnte er auch, er ist ja verheiratet. Es ist ihr nicht recht. Ein Kind möchte sie

von ihm haben. Ein Kind nach Ineke? Unmöglich.

Mit der rechten Hand öffnet er den Hand-
schuhkasten. Es braucht keinen großen
Entschluß. Längst hat er alles bis in jede
Einzelheit durchdacht. Er schaut auf das,
was einmal das Schönste der Welt war und
nicht mehr ist. Dann schließt er die Augen,
sieht Bella in dem hellblauen Morgenman-
tel, seinem letzten Geschenk, ihr braunrotes
Haar fließt weit um sie. Die schöne Geliebte.
Er hält die Mündung an seine Schläfe, seine
Hand ist ganz ruhig. Er lächelt. Dann drückt
er ab.

Und Ich?
Zeugin des Schmerzes

Ich erzähle auf Bitten der Gastgeber in einem kleinen Kreis kultivierter, ungewöhnlich interessierter Menschen von meiner Untertauchzeit in Holland. Es fällt mir leicht, ganz ohne Emotionen, nüchtern, mein Versteck hinter der Bücherwand zu beschreiben.

Da sagte eine Frau, die mir gegenübersitzt und mich lange, voller Teilnahme, angeschaut hat: «Welche entsetzliche Angst müssen Sie die ganze Zeit über gehabt haben.» Ich nickte unbestimmt in ihre Richtung, ohne Widerspruch, ohne Zustimmung.

Es ist mir unmöglich zu sagen: Ich habe keine Angst gehabt. Nicht einen einzigen Augenblick – die pure Wahrheit.

Nach Edgars, meines Mannes Ermordung im KZ Mauthausen war mir alles so völlig gleichgültig, daß weder Zeit noch Raum gewesen wären, mich zu fürchten.

Ein merkwürdiger Zustand des Schwebens, des Nicht-auf-der-Erde-Stehens.

Ich trug die Furchtlosigkeit (nicht den Mut, mit Mut hatte das alles überhaupt nichts zu tun) wie eine Tarnkappe. Sie verbarg mich, machte mich unangreifbar.

Oft geriet ich in äußerst heikle Situationen. Immer kam ich ohne den geringsten Schaden davon.

Ich weiß sofort, daß ich diesen Menschen hier nicht erzählen kann, keine Angst gehabt zu haben.

Sie sollen mich weder für eine Lügnerin, noch für eine Angeberin, noch für eine dumme Gans halten, welche die Gefahr nicht erkannte.

Nach Edgars Ermordung hatte ich mir nichts anderes gewünscht als den Tod. Ich konnte, durfte ihn mir nicht selbst geben, weil ich meiner Mutter, die auch im holländischen Exil lebte, nicht das antun wollte, was mir gerade angetan worden war, und weil ich damals schon ahnte, was sich später als richtig erwies: daß die fast Siebzigjährige ohne mich nicht die geringste Chance gehabt hätte zu überleben.

Was ich selbst nicht ausführen konnte, sollten nur die Deutschen tun, auf welch grausame Weise (und da machte ich mir keine Illusionen) war mir gleichgültig. Wenn ich bloß aufhören konnte zu leben, um Edgar zu trauern und mich nach ihm zu sehnen.

Meine Mutter, die Lebensbejahende, Geschwinde, Witzige, Mutige sollte nicht in einem KZ enden. (Von Gaskammern wußte man damals noch nichts.)

Doch welches Wunder es war, daß wir beide davonkamen, ist mir in vollem Umfang erst viel später, erst nach dem Krieg ganz klar geworden, als ich begreifen mußte, was noch immer so schwer zu begreifen ist, daß tatsächlich *alle* Juden zur Vernichtung bestimmt waren und zum großen Teil auch umgebracht worden sind.

Der Nachmittag, an dem ich irgendwo in München über das Untertauchen erzähle, fällt gerade in die Wochen, in denen ich intensiv über ein zu schreibendes Buch mit dem Titel »Spätfolgen« nachdenke.

Dabei erkenne ich deutlich, daß es nichts in unserem heutigen Leben gibt, das keine Spätfolge wäre.

Angefangen bei Kohls sich herausmogelndem Wort von der Gnade der späten Geburt bis zu Jenningers berühmt-berüchtigter 9.-November-Rede, bei der ich am Fernsehen festellen konnte, daß mir ihr Inhalt weniger weh tat als die einförmige, gleichgültige

100

Weise, in der er sie vortrug.

Alles um mich herum ist Spätfolge, weil die Hitler-Zeit so tiefe Spuren hinterlassen hat, daß keiner, der damals lebte, und wahrscheinlich auch nur eine Handvoll der später Geborenen sich ihr entziehen kann. Und ich? Ich fange also an, über die Spätfolgen bei mir nachzudenken.

Hätte ich ohne Verfolgung geschrieben? Ganz sicher: Ja. Ich habe seit meinem fünfzehnten Jahr geschrieben und nie etwas anderes gewollt. Hätte ich anders geschrieben? Bestimmt. Ich wäre ja auch ein anderer Mensch geworden, wenn Edgar bei mir geblieben wäre.

Da ich noch lebe, hat nach dem Krieg meine Furchtlosigkeit aufgehört. Ich war nie und bin auch jetzt nicht übertrieben ängstlich, aber meine Tarnkappe ist weg. Sie ist überflüssig. Es gibt, wenigstens vorläufig und für mich, in unseren Breiten kein Auschwitz mehr. Dagegen fürchte ich mich wie wohl alle Menschen vor Krankheit und Schwäche, die mich vollständig abhängig machen würden.

Wie aber habe ich es zustande gebracht weiterzuleben mit allem Wissen in mir? Ich gedenke derer, die es nicht konnten, denke an Jean Améry, Primo Levi, Paul Celan und jetzt auch noch an Bruno Bettelheim.

Der Unterschied ist: Sie waren in Lagern – ich nicht. Während der anderthalb Monate (eine Ewigkeit), die Edgar in Mauthausen war und ich zwei Briefe von ihm bekam, die keine Hoffnung ließen, während dieser Zeit und auch noch sehr viel später, habe ich geglaubt, alle Schrecken, jede Qual, jeden durch Mißhandlung zugefügten Schmerz und die ohnmächtige Verzweiflung beim gewaltsamen Tod der Kameraden miterlebt zu haben.

Dieser Glaube ist mir – eine Spätfolge – seit einiger Zeit abhanden gekommen. Primo Levi hat die Lager so minutiös beschrieben, daß das Unvorstellbare zum geformten Bild wurde.

Über vierzig Jahre lang habe ich mir eingebildet, ein Zeuge zu sein, und das hat mich befähigt, so zu leben wie ich es getan habe. Ich bin kein Zeuge mehr. Ich habe nichts gewußt. Wenn ich Primo Levi lese, weiß ich, daß ich mir ein KZ nicht wirklich vorstellen

102

konnte. Meine Phantasie war nicht krank genug.

Ich war nicht, wie ich in dieser Zeit manchmal, vielleicht oft, vielleicht auch immer geglaubt hatte, mit Edgar gemeinsam in Mauthausen.

Er war schon vierzehn Tage tot, als ich die Nachricht bekam: Durch einen meiner eigenen Briefe, der zurückkam, mit dem mit Rotstift geschriebenen Vermerk: «Empfänger unbekannt» und der Todesrune daneben. Wie die Todesrune aussah, hatte ich bei Freunden erfahren, die einen ähnlichen Brief an ihren Sohn zugleich mit der Todesnachricht des Jüdischen Rates bekommen hatten (das gab es 1941 noch). Ich bekam die Jüdische-Rat-Nachricht noch einmal zwei Wochen später. Edgar war tot, und ich hatte es nicht gewußt, ich bin nicht mit ihm in Mauthausen gewesen. Ich saß in relativer Sicherheit in unserer gemeinsamen Wohnung in Amsterdam, an deren Garderobe neben dem Eingang noch immer sein grauer Sommermantel hing, in dem ich meinen Kopf verbergen konnte, wenn es wieder ganz arg war.

Als Motto für eine Liebesgeschichte – Edgars und meine Geschichte, die ich, zwei Jahre später, untergetaucht auf der Speichertreppe schrieb, dem einzigen Ort, an dem ich allein sein konnte – als Motto hatte ich einen Vers des längst vergessenen Dichters der zwanziger Jahre, Klabund, gewählt: «Vergib mir. Ich tat, was Gott allein zu tun geziemt: nahm deine Hand für meine Hand, dein Herz für meines.» Und nun schlug dieses Herz schon wochenlang nicht mehr, aber das meine klopfte unentwegt weiter, unregelmäßig und wie immer etwas zu schnell, jetzt schon fünfzig Jahre lang.

Ich hatte nicht gewußt, daß er tot war. Welch ein Unsinn, daß man so etwas fühlt. Ich hätte mir selbst und allen, die es hören oder nicht hören wollten, jeden Tag, an dem er an dem verfluchten Ort war, sagen können: Ich weiß, daß er tot ist. Und wenn ich es auch an jenem Tag gesagt hätte, der später als sein Todestag angegeben wurde, vielleicht den Schluß daraus gezogen, ich hätte es wirklich gespürt. Aber ich doch nicht. Das habe ich immer anderen überlassen, den Spielern mit den Gedankenübertragungen, den mystisch Versponnenen, denen, die Halt an irgendwelchen Religionen und sei es der entlegensten finden, denen, die an die göttliche Ordnung der Welt und an ein Leben und Wiedersehen nach dem Tode glauben.

Wie sollte ich von seinem gräßlichen Sterben (bis heute weiß ich nicht, wie es geschah) und dem nicht weniger gräßlichen Leben im KZ wissen? Das muß ich einsehen, und auch, daß meine so oft geäußerte Behauptung, ein Zeuge zu sein, sich in Nichts auflöst.

Vielleicht bin ich deshalb am Leben geblieben, weil meine Zeugenschaft nicht ausreichte, Zeuge bin ich für die Verfolgung, nicht einmal für die Deportation, ganz sicher nicht für die KZ-Greuel. Primo Levi schreibt (und er meint mit den Überlebenden, die, welche das Lager überlebt haben): «Wir, die Überlebenden, sind nicht nur eine verschwindend kleine, sondern auch eine anormale Minderheit, die aufgrund von Pflichtverletzung, aufgrund ihrer Geschicklichkeit oder ihres Glückes den tiefsten Punkt des Abgrundes nicht erreicht haben. Wer ihn erreicht, wer das Haupt der Me-

105

dusa erblickt hat, konnte nicht mehr zurückkehren, oder er ist stumm geworden.»
Trotz dieses Bekenntnisses hat Primo Levi sich das Leben genommen. Was soll ich sagen, ich, die der Illusion anhing, eins mit einem anderen Menschen gewesen zu sein, der das Haupt der Medusa erblickt hat?
Alles Hirngespinste, wirrer schrecklicher Traum. Ich weiß jetzt sehr genau, wie es in der Realität – und nicht bloß in meiner aufgeheizten Phantasie – in einem KZ zugegangen ist.
Ein paar Bücher habe ich geschrieben. Sie haben den Menschen erzählt von der Sinnlosigkeit, der Demütigung, vom schlechten Gewissen derer, die überlebt haben und immer und immer wieder vom niemals vergehenden Schmerz.
Erst wollte niemand sie lesen. Dann wurden sie angenommen – nach sehr langer Zeit.
Spätfolge? Ich weiß nicht.
Keine Geschichte für mein zu schreibendes Buch.
Überhaupt keine Geschichte.

Grete Weil

Ans Ende der Welt
Erzählung. Band 9175
»Das ist eine einfache, herzergreifende Geschichte von
Liebe und Tod, die viele kennen sollen, kennen müssen...
dies knappe Meisterwerk.«
Albert Ehrenstein

Der Brautpreis
Roman. Band 9543
Zwei Frauen erzählen in diesem Buch über eine Distanz von
Jahrtausenden: Beide berichten von dem Hirtenjungen David,
der König wurde, von der Machtausübung, die ihn veränderte,
von der Gewalt, die mit dem *Brautpreis* ihren Anfang nahm
und sich wie ein blutiger Faden durch seine Geschichte zieht.

Meine Schwester Antigone
Roman. Band 5270
»Antigone verkörpert einen Zug der Jugend,
›die uns nicht die kleinste Ausflucht erlaubt,
die Welt noch in Ordnung zu finden‹.«
Süddeutsche Zeitung

Fischer Taschenbuch Verlag

fi 450 / 8

N&K

Ein persönliches Programm

Grete Weil
Tramhalte Beethovenstraat

«Ein Gespenst geht um im Land der Deutschen: die Rede vom Ende der Nachkriegszeit. Wenn sie mehr ist als ein Gerücht, gilt es Abschied, Aufbruch, neuen Anfang. Was bleibt zurück, was nehmen wir mit? Im knappen Reisegepäck, das die Auswahl der Bücher aus den vier vergangenen Jahrzehnten enthält, sollte eines auf keinen Fall fehlen: Grete Weils Roman ‹Tramhalte Beethovenstraat›.»

(Süddeutsche Zeitung)